себе можно верить

Ольга Примаченко

К себе нежно

Книга о том, как ценить и беречь себя

БОМБОРА
ИЗДАТЕЛЬСТВО
Москва 2023

УДК 159.92
ББК 88.52
П76

Продюсер проекта и редактор *Юлия Бушунова*

В книге использованы
стихотворения *Ксении Желудовой*
и фотография *Татьяны Шидловской-Вашкевич*

Примаченко, Ольга Викторовна.

П76 К себе нежно. Книга о том, как ценить и беречь себя / Ольга Примаченко. — Москва : Эксмо, 2023. — 336 с.

ISBN 978-5-04-117369-2

«К себе нежно» — это новый, очень честный взгляд на любовь к себе. Это книга-медитация, которая призывает к внутреннему разговору и помогает услышать собственный голос среди множества других.

Автор книги Ольга Примаченко — журналист, экс-главный редактор LADY.TUT.BY и автор блога Gnezdo.by — говорит с читателем о важном: о принятии своих чувств, желаний и тела, о расставлении приоритетов и границ, о создании питательного пространства вокруг себя, а также об экологичном взаимодействии с миром и людьми. В конце книги читателя ждет 31-дневная практика нежности к себе.

УДК 159.92
ББК 88.52

ISBN 978-5-04-117369-2

оглавление

…осенью узнаёшь: высшая смелость — быть прозрачным, словно стекло,
вся эта хрупкость, невесомость, следы чужих беззастенчивых пальцев,
предельная щедрость — дарить нутряное накопленное тепло,
настоящая зрелость — уметь доверять, помнить, бояться;
в наших краях осенью принято возвращаться,
время отсутствия истекло.

Ксения Желудова[1]

нежность
первая,
вступительная

Восемь лет назад моя жизнь кардинально изменилась.

В течение месяца я подала на развод, вернулась жить к маме и сменила работу. Первая перемена болела, вторая отзывалась жгучим стыдом, а третья стала огромным вызовом: в моем маленьком уютном болотце начались соревнования по гребле.

Мне повезло. Обойдя сумасшедшее количество претендентов, я вошла в состав редакции, которой предстояло с нуля разработать проект для женщин на TUT.BY — крупнейшем новостном интернет-портале Беларуси. Следующие два с половиной года я работала Кэрри Бредшоу: писала разудалые тексты об отношениях, полные иронии, стеба и уверенности в том, что я знаю о мужчинах все. Встретив через какое-то время будущего мужа, я поняла, что не знаю о них ничего. Я куражилась напрасно.

Потому что в том, что касается живых людей, постоянного знания не бывает — каждый проведенный бок о бок год меняет картину мира. То, что раньше казалось нормой, перестает ею быть, а то, что расценивалось как чудо, превращается в привычку. Выводы и уроки прошлого перестают быть музейной ценностью, экспонатами зала боевой славы: когда-то они работали и защищали от боли, сегодня — мешают движению вперед.

Через три года после развода (даже в один и тот же день) я вышла замуж во второй раз. Еще через какое-то время мы с мужем купили дом с чудесным садом и переехали из Минска в пригород, чтобы слушать, как падают яблоки и растет трава.

Мы стали родителями.

Я продолжала писать о любви и отношениях, но все чаще ловила себя на мысли, что тема расползается в моих руках нитками, рассыпается пуговицами, просыпается на пол мелким песком — и просит оставить ее в покое. Я поняла, что больше не хочу писать о любви. В том смысле, что другие заботы казались значительнее, ощущались острее, требовали больше внимания и сил. А любовь — ну что любовь... «Если что-то изменится — я скажу».

Я устала *волноваться* о любви. Разбирать отношения, как ошибки в диктанте («семья» и «дом» правда пишутся через «хочу» или проверочное слово — «надо»?), думать на перспективу («Will you still love me when I'm no longer young and beautiful?»[2]), задаваться вопросами, ответы на которые не ясны, но уже заранее не нравятся.

Я поняла: единственный человек, который никогда меня не оставит и перед кем мне не нужно танцевать с бубном, — я сама. Мне незачем сомневаться в своих желаниях или доказывать себе реальность своей боли: для меня *все именно так, как я чувствую.*

Я могу себе верить.

Мне можно на себя опереться.

Никто и никогда не будет любить нас так, как мы хотим, — будут, как умеют. Но зависимость от других людей, их меняющегося настроения не делает нас счастливыми — она делает *удобными*. Мы настолько привыкаем приспосабливаться и амортизировать собой, успокаивать внутреннее бурление и перерабатывать недовольство в молчание, что взрыв неминуем. Момент, когда полетят клочки по закоулочкам, — лишь вопрос времени.

Думать за других, чувствовать за других, предугадывать их реакции — невероятно утомительно. И бессмысленно: проживать чужую жизнь вместо того, чтобы делать что-то прекрасное со своей.

В мире, где ваша радость зависит от того, насколько точно вы совпадаете с представлением о вас в чьей-то голове, скучно и холодно. Это нормально — завершать отношения и работы, которые больше ничего не дают. Которым больше ничего не можете дать вы. Не потому что с другими людьми или в другом месте будет ярче и интереснее, а потому что *конкретно здесь* ярче и интереснее уже точно не будет.

Нормально — ощущать, как придавливает иногда к земле вопросом: «Что ты сделал для хип-хопа в свои годы?»[3] Нормально — разбираться, чьим голосом задается этот вопрос, какое право он на него имеет и как обстоят дела с хип-хопом у него самого.

В мире, в котором я себе радуюсь, я больше не жду, что кто-то обо мне позаботится, а дотягиваюсь до радости сама. Беру себя за руку и веду туда, где могу чувствовать, что мне хочется чувствовать — надежность «своих людей», вкус горячих хинкали или состояние легкости в голове после стрижки.

В мире, в котором я себе радуюсь, я говорю себе: это я сделаю позже, это — через несколько месяцев после позже, а вот это я сделаю *никогда*. Потому что для некоторых вещей никогда — самое подходящее время.

Да, иногда кажется, что ты настолько привыкла быть солдатом Джейн, что разговоры о какой-то там нежности к себе кажутся досужим вымыслом, сказкой на ночь, которую некому тебе рассказать, да и нет времени слушать. Но я беру на себя смелость все-таки завести этот разговор, потому что за годы существования блога Gnezdo.by мне приходило множество писем, рассказывающих о жизни на пределе возможностей, с историями о трех часах сна в сутки, работой на износ и заботой о других на разрыв аорты — ни одна из них не закончилась хорошо. Недаром где-то по сети бродит картинка: «Не бывает невыполнимых задач. Бывают сердечные приступы в тридцать».

Пусть то время, что вы проведете с этой книгой, станет для вас возможностью посидеть рядом с собой, «побыть своей». Выслушать себя и разобраться, как с вами можно обращаться и как нельзя, что вы можете терпеть, а что нет, что вас радует, вдохновляет, удивляет, восхищает и что — бесит. Выслушать себя, никому не позволяя перебивать или обесценивать услышанное.

Нежность к себе — это не результат волевого решения или однажды данного себе обещания, это всегда дорога. Не к какой-то обозначенной на карте точке и уж точно не к лучшей версии себя, а туда, где вы отказываетесь играть роль надсмотрщика, критика и судьи и выбираете верить в свою нормальность.

Это готовность с доброжелательным любопытством исследовать свои «не могу», «не хочу» и «не буду» и плыть не по течению и не против него, а туда, куда вам нужно.

Вы не бесконечны. Вы правда не бесконечны.

Давайте я расскажу о нежности к себе все, что знаю, и вы сами решите, ради каких слов вам попала в руки эта книга.

О чем я буду говорить? О праве каждой из нас чувствовать что угодно — и не стыдиться этого. О расстановке приоритетов и о том, что делать с чужими попытками учить нас жить.

О взрослости, которая стоит того, чтобы ее не бояться, и о деньгах и установках, мешающих нам без паники назначать цену за свою работу и без чувства вины тратить их на себя.

О том, как праздновать жизнь, имея то, что имеем, и не верить в свою недостаточность, неправильность и необходимость срочно починяться.

Мы будем исследовать тему нежности к телу — как перестать воевать за него и с ним и с уважением признать его историю. Мы уделим внимание материальному вокруг нас — невозможно переоценить, насколько пространство, созвучное нам, является ресурсом поддержки и помощи.

И, безусловно, мы будем много говорить, как из принципа нежности к себе взаимодействовать с миром: утверждаться в своем праве думать по-другому, не играть ни с кем в «угадайку» и «додумайку за меняйку», просить нужное, защищать важное, говорить «нет», сближаться и отдаляться без вреда друг для друга и всегда — помнить о контексте.

Я расскажу вам о ценности «своей стаи» и людях — добрых зеркалах. Поделюсь принципами наведения порядка в информационном хаосе, в основе которых — бережность к сердечным мозолям и поистине чудотворный эффект функций «перевести в немой режим» и «отменить подписку на обновления».

А в конце книги вас ждет марафон нежности к себе. 31 день заданий и практик, которые помогут лучше познакомиться с собой, расставить точки над «я» — и посмотреть, что получится.

Размышлять о сферических конях в вакууме я не умею — буду рассказывать только о том, что пробовала и пережила сама. Безусловно, мой опыт не показателен и не должен рассматриваться как инструкция к действиям. Слушайте себя, замечайте, где написанное отзывается вам радостью узнавания — «о, и у меня так же!», но ищите свою правду сами. Поверьте, вы ее не пропустите, внутри начнет пищать парктроник: чем ближе к правде, тем чаще и громче писк.

Идеи похожи на семена: если почувствуете, что прочитанное ощущается зудом и покалыванием, значит зерно упало на подготовленную почву и скоро проклюнется, даст росток. Если вам понравится то, что вырастет, отпразднуйте и обнимите себя. А если выросшее не понравится, не принимайте неудачу близко к сердцу. Помните: даже если опыт не удался, это еще ничего не говорит о его напрасности.

Я написала эту книгу, чтобы ее можно было открыть на любой странице и ощутить, как расслабляются плечи, становится легче дышать, проясняется в голове.

И как разливается теплой волной по телу нежность к себе.

ты приносишь ему немного нежности в узких ладошках,
сложив их утлой наивной лодочкой;
он хохочет, легонько бьет по рукам снизу вверх;
нет, конечно, не больно, что ты,
от такого больно и не бывает;
нежность — разбивается вдребезги.

Ксения Желудова

нежность

вторая.

чувства

Моя школьная учительница труда фанатела от книг Луизы Хей[4] и вместо того, чтобы объяснять, как делать ровные строчки, зачем-то заставляла нас заходить по одной в примерочную, садиться напротив зеркала и произносить сто раз «я люблю себя».

Нам было по тринадцать лет, мы ничего не знали о любви и еще меньше знали о себе, поэтому заверения в том, что стоит только «полюбить себя» — и у нас чудесным образом уйдет подростковый жир, исчезнут прыщи и вырастет грудь, казались бессмысленными и странными.

Пройдет еще много лет, прежде чем я хоть что-нибудь начну понимать про любовь. Очищу это слово от пыли и шелухи, литературных клише и чужих историй, пойму и узнаю, что такое терять, как это — оставаться одной, каково — уходить первой. И как это, когда пространство начинает сжиматься и давить на грудь, а ты — мертветь откуда-то с середины: *как здорово, что вы все у меня есть; как жаль, что никто из вас мне не нужен.*

Пройдет еще много лет, прежде чем я начну что-то понимать и про любовь к себе, научусь принимать свои чувства, давать имена тому, что пугает, и говорить «мне страшно», если мне страшно, а не строить из себя сопливого героя, мелко стуча коленкой под столом.

Возраст действительно многое упрощает.
Точнее, опыт, который мы получаем, когда взрослеем.

Мы лучше понимаем родителей, когда сами становимся родителями и на себе ощущаем тяготы заботы о семье, особенно когда нужны деньги, а с работой непросто.

Мы понимаем, что мир глазами ребенка и мир шкурой взрослого — это две разные Вселенные, и вместо того чтобы окопаться в обиде на людей из прошлого и считать себя жертвой, нежнее к себе будет принять неслучившееся, оплакать недополученное, отгоревать непрожитое — и закрыть тему поиска причин. Память умеет врать и подтасовывать, и можно глубоко и несправедливо обидеться на тех, у кого и в мыслях не было обижать, потому что *«они дали все, что могли, — чего не дали, так того и не могли»*[5].

На мой взгляд, сложный, но важный шаг в развитии личности — это сократить фразу: «Я так чувствую, потому что...» до: «Я так чувствую. Точка», и постараться найти как можно больше способов поддержать себя здесь и сейчас, в тех условиях, в которых вы живете, и с теми, с кем живете.

Некрасивых чувств не бывает. Неправильных — тоже

Нежность к себе начинается с того, что вы разрешаете себе *чувствовать все, что чувствуется,* без оглядки на то, что подумают другие, и не деля чувства на хорошие и плохие.

Как написала однажды у себя в фейсбуке[6] Элизабет Гилберт[7], если мы чувствуем радость, она правдива и реальна для нас, как и наша печаль, как и наша любовь к кому-то. Никто не выиграет от того, что мы будем стараться убедить себя, что чувствуем что-то иное. Нужно жить своей правдой — нет лучше способа обрести свою цельность. Выбирая меньшее, мы будем выбирать *что-то не то*. Для нас.

Если вы чувствуете грусть, это правда момента, которую незачем отрицать.

У вас есть причина так себя чувствовать: вас что-то расстроило, возможно, вы что-то потеряли (деньги, отношения, вещь, вдохновение, планы на выходные, любовь всей жизни), и вам нужно время эту потерю пережить, отгоревать и приспособиться к перемене.

Горевать — не значит надеть траур, бесконечно рыдать и не выходить из комнаты. Горевать — значит разрешить себе признать потерю. Сколько времени это займет, предсказать невозможно. Но если запрещать себе переживать, то *точно больше, чем могло бы.*

Нежность к себе в данной ситуации — примириться с тем, что какое-то время придется походить с карманами, полными печали. Отпустит когда отпустит. Это нормально, это вас не убьет и совершенно точно — не сделает хуже.

При этом постарайтесь не загонять себя в ловушку «переживания насчет переживания». Это когда мы начинаем волноваться, а все ли с нами в порядке, если мы почувствовали «что-то не то»: позавидовали, порадовались неудаче друга, приревновали, обиделись или просто загрустили и начали позорно ныть, вместо того чтобы оставаться модно проактивными.

Мы расстраиваемся, обнаруживая себя неспособными без конца быть «светлыми человечками» и мыслить позитивно. Нам больно признавать, что есть вещи, которые всегда будут задевать нас за живое, а значит, мы будем реагировать не так, как «нужно» или как мы *хотели бы* реагировать, а исходя из своего состояния и количества сил — чтобы не сесть и не расплакаться на месте.

Такова реальность. Поэтому, пожалуйста, как только словите себя на том, что начали переживать из-за «уместности» чувств, сделайте вдох, выдох и аккуратно верните себя себе. С вами все в порядке, ваши переживания адекватны моменту, их не нужно стыдиться или стремиться переиграть.

Не страшно однажды испытать к любимому человеку ненависть — страшно не разрешать себе испытывать к нему ничего, кроме любви.

Чувства — они ведь всегда про «сейчас», а не про характер. Если вы злитесь, это ничего не говорит о том, какой вы человек, но может многое рассказать о происходящем. Возможно, нарушаются ваши границы. Или обесценивается то, что вам дорого. Или вы настолько долго не отдыхали, что тело переключилось в режим боевой готовности и теперь реагирует командой «Враг!» даже на малейшее движение тени ветки.

То же со страхом. Если вы боитесь, это не значит, что вы трусиха. Просто чувства опережают мысли, и поэтому вы ощущаете опасность быстрее, чем успеваете объяснить себе, в чем подвох. Есть хорошая фраза об этом: *если вам кажется, что что-то не так, то, скорее всего, вам не кажется.*

Если вы голодны, истощены, устали — бессмысленно ожидать от себя буддистского спокойствия при виде устроенного детьми бардака. Гнев не будет свидетельством вашего скверного характера — он будет сигнализировать лишь о том, что конкретно сейчас вы на нуле.

Всякий раз, когда мы нагружаем других надеждами, которые те не способны оправдать, возникает конфликт ожиданий. Младенец знать не знает, что мама хочет выспаться. Муж не читает мыслей и понятия не имеет, о чем промолчала его жена. От подруги, привыкшей критиковать, бесполезно ожидать сочувствия и поддержки. Все они делают то, что делают, не «на зло», а потому что *не умеют по-другому*. Это не с ними что-то не так — это что-то не так с нашими *ожиданиями* (подчеркну: ожиданиями, *не нами*).

Иной вариант развития событий — когда вам указывают, *что именно* вы должны чувствовать, или осуждают вашу реакцию: «Как ты можешь радоваться, что уволилась с работы? Ты должна места себе не находить от тревоги, как все нормальные люди!»

Помню, я выходила из первого брака не с предписываемыми чувствами печали или грусти (они были, но фоном) — я шла в развод с чувством ярости. Вряд ли я ощущала бы ее, если бы мы «просто» не сошлись характерами или любовь превратилась в труху за давностью времени. Я была в ярости, потому что мне было больно переживать собственное бессилие перед тем, как методично и неостановимо разрушается то, что я долго строила, во что много лет вкладывалась временем, силами, деньгами и общим прошлым.

Но я категорически против того, чтобы отказываться что-либо чувствовать из страха «неположенности» этих чувств, их нежелательности, какой-то для кого-то «некрасивости». (— *«Я тебя люблю». — «Спасибо». — «Это не тот ответ, которого я ждал». — «Большое спасибо?»*[8]*)*.

Ты говоришь: «Мне больно», а тебе отвечают: «Нет, тебе не...». Тебе не больно. Тебе не страшно. Тебе не плохо. Ты не устала. Это блажь, будь солдатом, возьми себя в руки, соберись. И ты собираешься. Раз собираешься, два собираешься, три, четыре, пять собираешься, восемнадцать раз собираешься, сорок три. И действительно чувствуешь, как становишься закаленнее и сильнее, как грубеет кожа, нарастает броня. И там, где раньше было живое и теплое, — образуется холодная пустота.

И однажды ловишь себя на том, что уже *ты* говоришь кому-то: тебе не больно, тебе не страшно. Ты не веришь и меряешь по себе, и мера эта мала, и неверие это — ничтожно. А тот другой, пришедший к тебе с бедой, остается с ней в одиночестве и печали.

Мне очень не нравится, когда, спросив: «Что случилось?» и услышав ответ, говорят: «Ну что ты так убиваешься, нашла из-за чего!» Во-первых, любой человек имеет право переживать случившееся так, как он хочет его переживать, потому что ему лучше знать, что облегчит ему горе. Во-вторых, подобные слова ставят под сомнение его способность правильно реагировать на события, переводя из позиции взрослого со своей устойчивой системой координат в позицию ребенка, жизненного опыта которого не хватает, чтобы оценивать происходящее объективно. В-третьих, никто никому не может говорить «расслабься», пока не напрягся до той же степени. Тот, кто переживает потерю, знает, чего ему стоило происходящее, каких сил. Люди не горюют из развлечения.

Как писала Мелоди Битти в своей знаменитой книге о созависимости «Спасать или спасаться»: «Перестаньте отказываться от себя, от своих потребностей, от своих желаний, от своих чувств, от своей жизни и от всего, что вас составляет. Примите решение всегда заботиться о себе — и придерживайтесь его. Мы можем себе доверять. Мы способны справиться и адаптироваться к любым событиям, проблемам и чувствам, с которыми сталкивает нас жизнь. Мы можем доверять своим чувствам и своим суждениям. Мы можем решать свои проблемы. Мы можем научиться жить и с нашими нерешенными проблемами. Мы должны доверять тем людям, на которых учимся полагаться, — самим себе»[9].

Тихие эмоции

Иногда неэмоциональность — не свидетельство истощения или сознательного подавления чувств, а особенность душевного строения. Не нужно винить себя в бесчувственности или холодности и пытаться принудительно заставить переживать реальность ярче: «качественность» эмоций не зависит от степени их проявления и не измеряется высотой прыжков от радости или количеством ведер слез.

Нормально — любить страстно, до дрожи и головокружения, и нормально — так не любить.

Нежность к себе — это учиться ценить собственный ящик с доставшимися инструментами, вместо того чтобы завидовать чужому. У одного в нем лежит лупа, позволяющая видеть большое в мелочах. У второго — топорик, чтобы отсекать лишнее. У третьего — рулетка, которой он меряет все вокруг, у четвертого — отменное средство для сгущения красок. Нормально, если усилителя эмоций в ящике нет. Это ваша *особенность*, а не брак.

Для большинства из нас разрешить себе чувствовать «негатив» и при этом ничего с ним не делать, не пытаться себя починить или стыдливо прикрыться — настоящая задача со звездочкой. Хотя порой мы не столько боимся чувств, сколько возможных поступков под их влиянием — резких и необдуманных действий, острых, как скальпель, слов. Страшит перспектива необходимости разбираться потом с последствиями: испорченными отношениями, затяжной ссорой, подмоченной репутацией всегда приветливого и спокойного человека.

Боязнь потревожить чертей из омута схожа с опасением испытать сексуальный интерес к кому-то со стороны, находясь в стабильных моногамных отношениях. Словно он равнозначен измене и свидетельствует о проблемах в отношениях. Это не так. Чем чаще перекрывать усилием воли спонтанно рождающийся к кому-то интерес («не смей смотреть!», «не смей любоваться!», «не смей признавать, что то, что ты видишь, тебе нравится!»), тем выше вероятность, что долго сдерживаемое напряжение однажды рванет и произойдет настоящая измена, либо желание сойдет на нет в принципе, в том числе и к собственному партнеру. *(«— Пошли в бар! — Нельзя в бар. — Пойдем на рыбалку! — Нельзя на рыбалку. — Не жалеешь, что женился? — Нельзя жалеть!»[10])*

Между сексуальным интересом и изменой — множество промежуточных решений и конкретных действий. Нормально — испытывать возбуждение, но при этом нести его домой.

Невозможно влиять на то, какие чувства зарождаются внутри. Невозможно усилием воли заставить себя разлюбить или перестать страдать из-за предательства. Хорошая новость:

у нас всегда есть силы,
чтобы справиться с любыми чувствами.

Ни одно из них нас не убьет, иначе природа бы их не предусмотрела.

Как писала Энн Ламотт, «правду не обретешь, сидя на месте и благостно улыбаясь. Горе, утраты, гнев — вот шаги на дороге к истине. Мы идем к ней через свои тайные комнаты и давние страхи, все те дебри и пустоши, от которых нам велели держаться подальше. Когда ступим туда, оглядимся, вздохнем и уживемся с увиденным — тогда и прорежется голос. Вот этот миг и есть возвращение домой»[11].

Беги, дыши, говори и снова действуй

Самое сложное в мгновения сильных чувств — не забывать дышать. Ощущать, как адреналин разливается по телу, но дышать, сознательно не разрешая себе замереть, отключиться от происходящего. Мой опыт показывает, что мышцы запоминают состояние онемения лучше всего, и при этом требуются долгие часы расслабляющих телесных практик, чтобы смягчить последствия заморозки, превращающей тело в соляной столп. (В этом плане меня восхищает сибирский углозуб, обитающий в районах вечной мерзлоты. Этот маленький медлительный тритончик способен десятки лет (!) пролежать в трещине скалы замороженным, а оказавшись на солнце, оттаять и радостно поползти по своим делам. Даже завидно.)

Вред эмоционального «замерзания» можно сравнить с уроном, который наносят возвратные весенние заморозки молодым росткам на грядке. Вода в клетках растений превращается в лед и разрывает клеточные структуры, и у нас получается вялое зеленое месиво там, где еще вчера планировал вырасти кабачок. Замораживая в себе обиды, страхи, пережитую боль, мы поступаем так же: носим внутри себя ледышки, ранимся о них.

В книге «Выгорание» сестры Эмили и Амелия Нагоски[12] рассказывают о стресс-реакции, которую испытывает наше тело, ощущая опасность. Встреча с волком в лесу, попадание в зону турбулентности, стремное поведение незнакомца в метро или попытка наглого водителя «подрезать» на дороге — все это расценивается телом как угроза, и оно мгновенно начинает накачивать себя гормонами стресса, чтобы помочь себе спастись.

Авторы утверждают: чтобы быть здоровее и счастливее, цикл стресс-реакции обязательно нужно завершать, причем активными действиями, а не в уме. То есть тактика самоувещевания «испугались и забыли, едем дальше» — это вредная тактика. Если у вас тряслись руки, дрожали ноги, сердце билось как бешеное, в ушах шумело, живот скручивало, давление повышалось, а глаза видели только перед собой, словно в туннеле, — тело не удастся успокоить фразой: «Ну-ну, дружочек, теперь все хорошо, расслабься». Когда вы сидели и мило улыбались, хотя внутри закипали от бешенства, или когда на вас кричали, а вы боялись что-то сказать в ответ, чтобы не нарваться на еще большую агрессию, организм испытывал такой же стресс, как и при обрыве троса лифта.

По словам Нагоски, самым действенным способом закончить цикл стресс-реакции является физическая нагрузка. Это своеобразный «сигнал организму, что вы успешно пережили угрозу и в вашем теле снова безопасно находиться»[13].

Еще задолго до того, как мне попалась эта информация, я — да и вы наверняка — интуитивно использовала движение и спорт, чтобы сбросить напряжение и справиться с тревогой.

...Хорошо помню майские праздники, когда меня накрыл жуткий кризис идентичности: я не просто не совпадала с собой по краям — мое «я» плавилось на солнце и, застывая, превращалось в уродливую бесформенную массу. На своем ли я месте, с теми ли людьми, куда я вообще иду и почему все так сложно — вопросов было уйма, ответов — ноль.

Пока все ели шашлыки за городом, я курила на балконе в пустой квартире и, не вылезая из пижамных штанов, писала тексты: взяла работу на выходные, не умея и не позволяя себе остановиться. Я была на излете своей карьеры в должности главного редактора. Истощенная нагрузками, одиночеством и тем, что после развода прошло полтора года, а у меня так ни с кем и не получилось завести отношения (разве что в тупик).

За окном наркотически сладко цвели яблони, каштаны и черемуха, а я клацала по клавишам и заедала внутреннюю пустоту вареной сгущенкой и пятью-шестью пачками мороженого за раз. Нещадно толстела и ненавидела себя за это. Ела, чтобы еще больше выбесить саму же себя, усугубить и без того полный раздрай внутри, дойти до предельной точки, вывернуться наизнанку, умереть и родиться заново, но уже какой-нибудь другой — и хоть кому-нибудь нужной.

...Поздно ночью, когда я уже спала, пришла смска от бывшего мужа: он писал, что его новая женщина — его персональное чудо, что он счастлив, что любит, что *«господибожемой тебе не передать как это здорово»,* — и мое сердце пропустило два удара, а из левого глаза выкатилась, медленно сползла вниз и затекла в ухо слеза.

Похоже, у моего болота саморазрушения, жалости и ненависти к себе все-таки были пределы — так теплой майской ночью с ее шорохами, вином и падающими звездами я впечаталась в свое дно.

На следующий день я проснулась в 4:30 утра, взяла лист бумаги и начала строчить как бешеная свой «манифест», где, не стесняясь в выражениях, написала все, что думаю о себе, своей жизни и своих перспективах — почерком отличницы, красивыми печатными буквами, почти капслоком. «Никто не решит твои проблемы за тебя, никто не придет и не спасет тебя, потому что ну сколько можно уже страдать. Никому не интересны твои красочные депрессии — да и черт возьми, никому не должны быть. Так что вытри сопли, надень кроссовки и беги. Беги, пока не упадешь от усталости, а когда упадешь — ползи по направлению к дому».

Я поднялась с постели, натянула кроссовки, погладила ошалевшую кошку и побежала. Огромные майские жуки совокуплялись и с громким хрустом падали на асфальт, а рассветное небо было такой чистоты и ясности, что болели глаза.

Бег стал средством разогнать кровь и дурные мысли. Иногда я бегала, чтобы не оставалось сил плакать. Восемь месяцев в году я натягивала старые розовые треники, лежавшие в шкафу еще с подросткового возраста, вставляла в уши музыку и отправлялась на свой ежедневный марафон вдоль трассы.

Иногда я буквально за шкирку вытаскивала себя в душную плотную горячую ночь, чтобы не оставаться одной в «дешевом отчаянье темноты», а бежать. Пусть захлебываясь слезами и соплями, но двигаться дальше.

Через три километра слезы высыхали, через четыре прекращались всхлипывания, через пять отпускала боль. Девять километров вообще не оставляли надежды — я просто возвращалась домой, ложилась на пол и лежала, слушая, как пот сочится через поры, пропитывает ковер, размягчает бетонные перекрытия, проникает в землю и смешивается с грунтовыми водами, чтобы отправиться вместе с ними куда-нибудь далеко-далеко, где все просто и ясно, как скорлупка от яйца, снесенного деревенской рыжей курицей...

Ночь темна перед рассветом. А спорт действительно может помочь проработать стресс.

«А знаете, что точно не сработает? Сидеть и говорить себе, что все позади. Завершение цикла — это не умственное решение, а физиологическая трансформация. Вы же не приказываете своему сердцу биться, а кишечнику — переваривать еду. Стресс-реакция не подчиняется вашей воле. Просто дайте организму то, что нужно, и пусть он занимается тем, для чего предназначен. Столько времени, сколько потребуется»[14].

Как еще можно помочь себе справляться с наплывом чувств? Попробуйте что-нибудь из следующего.

Надувать мыльные пузыри, желательно гигантские. Это отличный способ сконцентрироваться на дыхании и успокоиться благодаря медленному выдоху.

Трястись, чтобы не трясло. Когда я чувствую, что мышцы из-за стресса превращаются в камень, я стараюсь расслабить их с помощью тряски. Включаю музыку, закрываю глаза, ловлю ритм и превращаюсь в древнюю женщину, танцующую у костра при полной луне, которой все равно, как при этом выглядит ее попа (спойлер: как желе). Я далека от эзотерики, но еще ни одна медитация, массаж или занятие фитнесом не приносили мне настолько быстрого эффекта восстановления, как тряска в рыжих домашних штанах у себя на кухне.

Давать пугающему имена (name it to tame it — «назови, чтобы приручить»). Постарайтесь максимально точно сформулировать, что именно вы чувствуете, на что это похоже, как проявляется в теле. Чем глубже у вас получится войти в контакт с ощущением, тем быстрее оно отпустит. Представляйте: волна накатывает — и волна уходит обратно в море, лижет песок и ваши ноги, но оставляет вас на берегу — живой, невредимой.

Приседать, если испугались. Пережив стресс, завершите стресс-реакцию любым физическим упражнением, которое придет на ум. Идея закрыться в рабочем туалете и двадцать раз подпрыгнуть после тяжелых переговоров может показаться бредовой, но тело снова вспомнит, что быть вами — безопасно, а не отложит испытанное напряжение во внутреннюю копилку.

Памятка нежности к себе

1 Вы имеете право чувствовать что угодно, когда угодно и как угодно долго. Нет неправильных, некрасивых или неуместных чувств, они все — ваша правда.

2 Только вам решать, как проживать свои чувства — с какой интенсивностью и какими способами (при условии, что они не приносят вреда окружающим). Никто не может советовать вам «забить и расслабиться», если единственное, чем он вложился в вашу поддержку, — это своим дурацким советом.

3 Вопрос к себе «Мне понравилось?» всегда лучше, чем «Что обо мне подумали другие?».

4 Не берите себя на слабо, когда голодны, не выспались или устали. Лучше возьмите себя за руку и уведите туда, где можно раздобыть тишины, чая и бутербродов.

5 Не требуйте от себя ярких чувств: искренность не зависит от громкости, благодарность не нуждается в спецэффектах. Насколько можете нагреться и посветить — настолько и хорошо.

6 Вы всегда имеете право сказать: «Пожалуйста, не кричите на меня». А если вам пытаются всучить чувство вины, его можно не брать — как отказываются от рекламных листовок в переходе метро: «Спасибо, мне не нужно».

...говорить, не захлебываясь вопросом, не заглядывая в ответ;
осваивать каторжный труд предпочтения, расставляя приоритеты;
знать: то, что ты называешь истиной, перестает быть истиной в тот момент,
когда ты начинаешь вслух говорить об этом.

Ксения Желудова

нежность

третья.

приоритеты

Всякий раз, когда говорю «да», я заранее знаю, скольких «нет» мне это будет стоить. В первую очередь сказанных самой себе.

Расстановка приоритетов — это не расстановка границ. Приоритеты определяют очередность, границы — меру дозволенного.

Определять приоритеты необходимо для того, чтобы понимать, чему уделять внимание прежде всего и на что тратить силы и время в первую очередь.

Без иерархии целей легко расползтись,
как клякса на промокашке — сразу во все стороны.

Растратить себя до отметки «ноль», но при этом удовольствия от результата не получить. Войти в эдакое состояние девочки-потеряшки, когда собственные желания не осознаются (вот бы захотеть *захотеть!*) и постоянно хочется спать — но уже в пять утра вы обнаруживаете себя в кровати с открытыми глазами, изучающими потолок. Надеетесь, что «придет выходной и всех спасет», но тот приходит и проходит, не разуваясь, — не успевает остыть чай, проветриться комната.

Когда нет иерархии целей, силы распределяются не на важное, а на то, что первым подвернется под руку, и еще огромный кусок уходит на беспокойство, что не справляетесь, не успеваете. Вот почему важно расставлять приоритеты:

чтобы время на восстановление закладывалось в бюджет задачи, а не выделялось по остаточному принципу. Тогда можно отключить голову, не смотреть на часы, не думать о продуктивности и не испытывать при этом чувство вины за «бесцельность». Мне нравится, как в Италии это называют dolce far niente (сладкое ничегонеделанье), в Израиле — םישוע םייח, «осим хаим» (дословно — «делаем жизнь», наслаждаемся жизнью), в англоязычных странах — me time;

чтобы оставались силы радоваться, смеяться от души и адекватно воспринимать юмор в целом (в состоянии загнанности шутки бесят);

чтобы в кризисные времена у вас хватало ресурсов позаботиться о себе благодаря заранее созданной финансовой подушке безопасности и теплому кругу поддержки из близких людей.

Если не сказать себе: «Вот это мне сейчас важно, а вот это — нет», то можно утонуть в делах, а потом решить, что с вами что-то не так, — если вы снова не заметили, как пролетели полгода.

Расставляя приоритеты, мы проявляем уважение к ограниченности своих ресурсов, их небесконечности.

Но если мы понимаем, ради чего что-то делаем, то легче переносим трудности, потому что мотивация идет изнутри. Уже сама свобода выбора — какую ношу на себя взвалить и какую цену заплатить — превращает нас из бумажной лодочки в ручейке в жизнерадостную желтую субмарину.

First things first

Я составила список возможных приоритетов — отталкиваясь от него, вам будет проще сформировать собственный.

Приоритет отношений (детей, семьи, дружбы, приятельства). Когда вы готовы подвинуть работу, чтобы встретиться с подругой или успеть на утренник к ребенку. Когда больное колено не становится причиной, чтобы отказаться помочь переехать коллеге. Когда вы подписываете открытку от руки вместо короткого «Поздравляю!» в мессенджере и стикера с тюльпанами. Когда вы знаете, какие ваши действия расстроят друга, и прикладываете усилия, чтобы этого не допустить.

Приоритет восстановления (отдыха). Когда вы не убираете квартиру, если устали, даже если ждете гостей, свекровь или маму. Когда вы не берете в работу третий проект и шестьдесят восьмого клиента, потому что пяти часов сна вам недостаточно и вы уже не помните, как вас зовут. Когда вы просите мужа или ребенка смотреть телевизор в наушниках, потому что вам нужна тишина.

Приоритет удовольствия. Когда вы бегаете или ходите в спортзал не для того, чтобы похудеть, а потому что вам нравится физическая нагрузка. Когда вы выбираете из меню не то, что менее калорийно или более «зожно», а что хотите. Когда вы не покупаете то, что неприятно на ощупь, режет глаз цветом, раздражает издаваемыми звуками или «полезно, но невкусно».

Приоритет денег. Когда вам важнее заработать как можно больше, даже если ради этого придется пожертвовать сном, выходными, общением с семьей и друзьями. Когда между двумя предложениями о работе вы выбираете то, где больше зарплата. Когда терпите рядом человека, которого не любите, но обеспечивающего вас деньгами.

Приоритет работы/карьеры. Когда вы работаете дольше, чем оговорено контрактом, чтобы перевыполнить план или сдать проект раньше срока. Когда вы играете по правилам компании, часто неписаным, чтобы продвинуться по карьерной лестнице. Когда нанимаете няню, чтобы она сидела с ребенком, пока вы в офисе. Когда вы не отключаете телефон даже ночью, потому что «может быть, что-то срочное» или звонок из другого часового пояса от партнеров.

Приоритет безопасности. Когда прежде, чем поставить подпись на документе, вы внимательно его читаете, чтобы понимать все риски. Когда у вас есть финансовая подушка безопасности, и она неприкосновенна. Когда вы не соглашаетесь быть поручителями за огромный чужой кредит, даже если друг очень просит. Когда вы соблюдаете скоростной режим, даже если едете по пустой трассе и нет камер.

Приоритет общей цели. Когда вместе с коллегами вы работаете сутки напролет, чтобы команда сдала проект вовремя. Когда вы добровольно живете с партнером на зарплату одного, чтобы вторую откладывать на покупку общей квартиры. Когда вы решаете, кто пойдет в декрет, а кто будет зарабатывать для семьи деньги.

Приоритет душевного спокойствия. Когда вы не принимаете приглашение на традиционный обед с родственниками, чтобы не слушать, как неправильно вы живете. Когда не делаете того, из-за чего нужно прятаться от налоговой или других служб, бояться звонков с незнакомых номеров (именно бояться, а не принципиально игнорировать) или избегать встречи с человеком, которому вы что-то должны, но не отдали.

Определяя, что для вас главное, а что второстепенное, вы укрепляете внутренний стержень и ощущение надежной земли под ногами: что бы ни произошло, вы всегда сможете опереться на уже выстроенную систему приоритетов, чтобы максимально бережно для себя приспособиться к новым вызовам и переменам и не посыпаться карточным домиком, если дрогнет стол.

На что еще можно опираться в расстановке приоритетов, помимо здравого смысла? На ощущение, когда *внутри все пищит и подпрыгивает от радости.* Не обязательно всегда (я даже не знаю, бывает ли так, чтобы всегда), но время от времени — обязательно.

Так ощущается на кончиках пальцев зуд букв, готовых сорваться, отлиться в слова, стать текстом, в котором будет прекрасно все — от замысла до последней точки.

Так ощущается еще не любовь, но уже симпатия, уже интерес, уже не случайность, а данность — волнительная, непредсказуемая, будоражащая. И сердце бьется честнее, отчаянней и сильней, и ты понимаешь — осталось совсем немного до полной иллюминации в голове, когда зажгутся все лампочки — и начнется праздник.

Стихи, картины, фотографии, тексты, лучшие разговоры —
все рождается из состояния «когда прет»
и по телу бегут мурашечки.

Если при мысли о чем-то вы ощущаете, как внутри разливается свет и рождаются интерес и любопытство, это точно знак, что вам сюда. Как писала Барбара Шер: «У нашего сердца есть свои вкусовые рецепторы»[15]. Им можно верить.

Да, процесс накопления денег на квартиру скучен, но мурашки бегут от мыслей, какой уютный ремонт вы в ней сделаете, какие шторы повесите, с каким упоением расставите на полках книги, точно зная, что больше не понадобится паковаться в коробки и переезжать. Как заварите вкусный чай, устроитесь в кресле и будете смотреть, как падает за окном первый снег, наконец-то всей душой ощущая: вы Дома.

Второе, что поможет расставить приоритеты, — *осмысленность*. Голод по смыслу особенно остро проявляется с осознанием быстротечности жизни. Когда вы вдруг понимаете, что не хотите браться за проекты без ясного и зримого результата, реальной пользы, осязаемой, как чистый вымытый пол. Не хотите участвовать в совещаниях, которые собираются для того, чтобы просто вместе посидеть за столом и посмотреть на диаграммы и картинки. Не хотите писать тексты, которые не совпадают с вашими ценностями, даже если за них готовы хорошо платить.

Никакими деньгами не утолить голод по смыслу. Где смысл, там радость, там сложнее выгореть, сдаться на полпути, закончиться, упереться в тупик.

У нас не так много времени, чтобы выбирать идти под «кирпич» и тратить себя на имитацию бурной деятельности.

«Сейчас мне важнее другое»

Есть такая хорошая фраза: «Это вопрос не времени, а приоритетов». Я вспоминаю ее всякий раз, когда слышу про «извини, нет времени». Потому что она подразумевает прямое и ясное: «Извини, нет времени *на тебя*». И это глубоко нормально, ресурс сил для общения не бесконечен — приятельство питается периодами некоторого избытка душевных сил, хорошо заряженной батарейкой, когда хочется к людям, а не от людей, и поэтому вы оба готовы взаимно напрячься, чтобы состыковать графики. (Конечно, если ваши отношения не подразумевают той степени близости, когда ради человека отложишь все. Ну или когда «мама, у меня голова в ведре застряла».)

Невероятно важно: разрешить себе уважать свои приоритеты и не стыдиться их, не испытывать чувство вины за то, что вам не хочется отщипнуть от себя кусочек и кому-то дать. Что вместо «Я у мамы хорошая» вы выбираете «Я у мамы всякая, но сейчас мне важнее другое». Мое здоровье. Мой сон. Мои дети. Моя карьера. Мой дом. Моя возможность самой выбирать, под какую музыку танцевать. И с кем.

В приоритетах нет ничего зазорного — они диктуются временем и обстоятельствами и меняются, когда изменяются условия жизни. (Иногда жизнь меняется в лучшую сторону именно благодаря честно расставленным приоритетам.)

Это нормально — держать фокус на том, что вас наполняет и радует: работать в удобном темпе, читать книги с котом на коленях в выходной день, а не доделывать презентацию, работать по найму, а не на себя. Это действительно нормально — не делать того, что вас убивает, и не хотеть «становиться сильнее» такой ценой.

Поэтому, когда в следующий раз словите себя на словах «извини, нет времени» — смело продолжите фразу *«потому что сейчас мне важнее другое»* у себя в голове.

Или вслух.

Трудности с расстановкой приоритетов

Трудности могут возникнуть, если вы долго обслуживали интересы других и растеряли в этих заботах себя. И теперь кажется, будто вы не знаете, чего хотите, — потому что привыкли только реагировать: отвечать на вопросы, а не задавать, подчиняться, а не проявлять инициативу, плыть по течению, а не куда вам нужно. Ниже я расскажу, как можно помочь себе выбраться из аморфного состояния и снова вернуть себя себе.

Когда кажется, что жизнь выходит из-под контроля

Если вы только начинаете учиться расставлять приоритеты и опираться на свои ценности, то, возможно, вам знакомо ощущение, будто вы ничего не решаете и не значите, крутитесь, как хомячок в колесе, но не получаете никакой отдачи. Это достаточно неприятное состояние, которое может привести к *выученной беспомощности* — когда не ощущается связь между усилиями и результатом, из-за чего у человека опускаются руки и пропадает желание что-либо делать вообще.

Мой друг психолог Павел Зыгмантович советует в этом случае стараться каждый день и при любой удобной возможности *принимать решения.* Не о том, «куда жить», а проще: выпить кофе или чая, на метро поехать или вызвать такси, надеть платье или джинсы, написать синей ручкой или черной, помыть голову или нет, сделать что-то сейчас или позже. Это нужно для того, чтобы вы *сами себе поверили,* что можете управлять своей жизнью, влиять на происходящее в ней. Чем больше практики принятия маленьких решений, тем увереннее вы будете себя чувствовать, когда придет время принять большое.

Угнетающие формулировки

Удивительные штуки можно обнаружить, если прислушаться, как мы объясняем себе, почему что-либо делаем. Чаще всего звучат фразы «Я должна» и «Мне нужно». Попробуйте при возможности заменить их на «Я хочу», «Я люблю», «Я знаю, что могу...», «У меня есть ресурс, чтобы...», «У меня достаточно времени, чтобы...». И почувствуйте, как на эти замены откликнется тело.

Когда я говорю: «Я должна быть хорошей матерью», я ощущаю сопротивление и агрессию (кому должна? почему должна? я что, сдаю экзамен?). Совершенно другие ощущения возникают, когда я говорю: «Я хочу быть хорошей матерью», «Я люблю быть хорошей матерью», «Я знаю, что могу быть хорошей матерью», «У меня есть ресурс, чтобы быть хорошей матерью». И уж совсем тепло — от слов: «У меня достаточно времени, чтобы быть хорошей матерью». *Я хочу, я знаю, я могу, я люблю, у меня есть.* В этих словах много ресурса самоподдержки.

Страх столкнуться с недовольством других людей

Страшно, что назовут эгоисткой, зазнайкой, снобом. Или кем там еще можно обозвать, чтобы обидней было?

Отказ что-либо сделать для кого-то может сопровождаться стыдом и чувством вины — их нужно прожить и выдержать. (Хорошая новость: они не продержатся дольше пары дней, зато у вас останется то, что вы отстояли, — *силы* и *время*.) Будьте добры к себе в этот момент и помните: можно сопереживать чужим проблемам и трудностям, но вы не обязаны их решать.

Что можно сделать, если вы говорите кому-то «нет», потому что выбрали сказать «да» самой себе и придерживаться своих приоритетов, но при этом у вас нет намерения захлопнуть перед носом человека дверь и испортить с ним отношения:

предложить альтернативу — например, перенести встречу на удобное вам время (когда закончится проект или когда в целом станет полегче с нагрузкой), сделать работу в меньшем объеме или только какую-то часть;

помочь другим ресурсом — не своим участием в чем-то, а деньгами или связями. Например, дать контакт другого человека, которому может быть интересно это предложение;

выразить сочувствие или поддержать словами, тем самым показывая человеку, что он виден, его потребность понятна, его вопрос услышан, он не пустое место. В этом мире очень неуютно быть невидимкой. (Как было написано на открытке Центра «Антон тут рядом»[16]: «Можно мне вас обнять? А то умру от своей горемычности»).

Желание все контролировать

Которое, в свою очередь, влечет за собой проблему с делегированием. Это — вредная иллюзия всемогущества: вы не способны вместить в себя *все*. Гнаться за этим — значит добровольно соглашаться на зашкаливающий уровень тревоги и выгорание в перспективе.

В этом случае предлагаю расставлять приоритеты, отталкиваясь от того, где цена недосмотра и ошибки выше. Вам может быть крайне важно оперативно реагировать на звонки клиентов, но если вы будете делать это за рулем, это может стоить вам жизни.

Потребность быть везде полезной

На мой взгляд, подспудно в ней лежит желание одобрения и признания вашей ценности другими. Чтобы погладили, похвалили, а в идеале еще и сказали: «Что бы мы без тебя делали! Не знаем и не хотим знать!»

Если поисследовать, почему вам важно, чтобы вас хвалили, можно обнаружить потребность в благодарности и признании усилий. Вы поймете, что по-настоящему готовы вкладываться только туда, где ваш труд замечают и ценят, а не принимают как должное. Сделав удовлетворение этой потребности приоритетом, вы спасете себя от неминуемого выгорания и напрасного ожидания сахарной косточки от тех, у кого в карманах только семечковая шелуха.

Безумная карусель

Речь идет о таком ритме жизни, когда в браузере каждый день открыты десятки вкладок, на почту и в мессенджеры сыплются сообщения с пометками «Срочно», без конца звонит телефон, параллельно читаются десять книг и ни в одной закладка не лежит хотя бы на половине. Фильтровать, что важно, а что нет, становится практически невозможно и хочется отключиться от всего и сразу.

Как помочь себе справиться с бомбардировкой задачами:

ранжируйте задачи по дедлайну и первыми выполняйте те, у которых быстрее истекает «срок годности». Договариваясь о чем-то, задавайте волшебный вопрос «когда?» (когда вам перезвонить? когда вы пришлете? когда будет сделано?) — это закрывает мысленные фоновые программы подвешенных состояний и неопределенности, жрущие оперативную память вашего мозга;

отключите звук уведомлений на телефоне: вы будете слышать звонки, но не отвлекаться на мессенджеры и просматривать сообщения когда удобно. И, конечно, переводите в немой режим групповые чаты (школьные, родительские, соседские), чтобы не открыть случайно врата ада;

не заставляйте себя читать книги целиком, если поставили перед собой задачу вроде «прочитать n книг за год». Читайте только те главы, которые резонируют с вашим информационным запросом. Ничего страшного не случится, если вы пролистаете скучное — автор не узнает и не обидится;

не бойтесь обсуждать приоритетность задач с тем, кто вам их ставил (директор, начальник отдела) — пусть сам решает, что ему нужнее сейчас. Благодаря этому руководитель будет в курсе, какую задачу вы берете в работу сегодня, а какую отодвигаете, то есть не придет с вопросом: «А почему ты занимаешься вот этим, если вон то мне нужно было еще вчера?» (и не испортит настроение на целый день);

запомните и используйте фразу: «Мне нужно время подумать». Да, вы действительно имеете право так сказать. Всегда.

Острое желание всего и сразу

Прежде всего узнайте, как долго действует интересное вам предложение. Много чего проходит регулярно или никуда не денется в принципе. То есть вы можете во что-то вписаться или что-то сделать и через полгода, и через год, — когда разберетесь с текучкой (заодно проверите, по-прежнему ли вам этого хочется).

В целом вопросы **«сита приоритетов»** выглядят так:

«Как долго это будет еще доступно?»;

«Что из того, что вот-вот разберут/закончится, мне интереснее всего?» (почувствуйте свое «пищит и подпрыгивает»);

«Мне обязательно присутствовать вживую, или то, что мне важно, можно получить дистанционно?» (в записи, текстовых материалах, в форме конспекта; некоторым вообще достаточно послушать впечатления друзей, чтобы словно самим побывать на мероприятии).

А еще перед тем, как вписать в свой планер очередное «очень важное» дело, проверьте, найдется ли в вашей жизни для него место. Расскажу историю.

Однажды соседка Лена написала мне: «Есть кустик крыжовника. Хочешь?» Я не раздумывая ответила: «Конечно, да!» и бодро поскакала его забирать. Придя домой, минут двадцать (!) ходила по саду с саженцем в руках, присматриваясь, куда его пристроить: тут — ребенок затопчет, там — муж выкосит; вот здесь вообще ничего сажать нельзя: будут забор менять — раздавят. Сад старый, сложившийся, каждый пятачок земли на счету. Ходила я, ходила и вдруг поняла, что дико злюсь и раздражаюсь: «не было бабе бяды». В итоге я все-таки нашла, куда его приткнуть, но стала на куст крыжовника мудрее: теперь, прежде чем попросить таблеток от жадности, я проверяю, а сколько их у меня еще есть.

Памятка нежности к себе

1 Расставленные приоритеты делают жизнь устойчивее, а вас — понятнее окружающим. Нет ничего зазорного в словах: «Сейчас мне важнее другое».

2 Не пренебрегайте подготовкой к длинному и трудному периоду-приоритету в будущем (долгоиграющему проекту, беременности, декрету или выходу из него, получению второго образования, эмиграции и др.). Подумайте, как вы будете восстанавливать силы, определите свои «точки радости», которые будут вас мотивировать продолжать путь. Поразмышляйте, от чего вам придется на время (или навсегда) отказаться — и обязательно заранее «оплачьте» эту потерю, проживите расставание в голове.

3 Принимайте в расчет ограниченность своих ресурсов и не требуйте от себя подвигов. Важного не бывает много. Пусть ваши приоритеты берегут вас от беспорядочных случайных связей с большим миром и надежно защищают ценности того этапа жизни, на котором вы находитесь.

4 Хольте и лелейте внутренние мурашечки. «Не спрашивай, что нужно миру. Спроси себя, что делает тебя живым. Затем пойди и займись этим. Миру нужны живые люди»[17].

взрослей, но и не думай стареть,
смерть существует, но это всего лишь смерть,
дань закону контраста.
не стоит пытаться нумеровать страницы,
ибо время тебе неподвластно.
в твоих силах помнить слова, имена и лица,
рушить стены и презирать границы,
любить, покуда сердце не задымится,

и знать, что все это не напрасно.

Ксения Желудова

нежность

четвертая.

взрослость

Все детство я мечтала быстрее стать взрослой, чтобы обрети «независимость». В свой первый брак я в буквальном смысле сбежала, и прежде всего — из дома, потому что жажда отделения была огромной, а мозгов, чтобы придумать, как это устроить без решений такого масштаба, не хватило.

При этом дом, в котором я выросла, казался мне местом, куда я всегда смогу вернуться, если прижмет, и где меня встретят с распростертыми объятиями. Я искренне верила в это, пока психолог в процессе терапии не сказала мне, что зря.

Дом родителей — это дом родителей,
а мой — это тот, который я построю сама.

Эта мысль согнула меня тогда пополам. Мне понадобилось несколько лет, чтобы по-настоящему ее понять. И начать взрослеть.

С тех пор я много думаю о том, что такое быть взрослой и могу ли я считать себя таковой. Формально — да: возраст 35+, семья, ребенок, дом, высшее образование, работа, отчисления в пенсионный фонд. Однако мне все еще сложно сказать о себе «я взрослая» без того, чтобы не скатиться в иронию и ха-ха про «тетку» и «уже можно».

И это пугает. Ведь к своим годам я через достаточно многое прошла, чтобы ясно видеть пропасть между подкроватными страхами детства, желторотой юностью и спокойной уверенностью человека, который жил жизнь, а не только читал о ней.

Навскидку могу вспомнить всего несколько человек, которых я ощущаю как взрослых и которые завораживают меня умением четко формулировать мысли, работать с реальностью, обращаться со своими пределами и чужими границами, смеяться и плакать от всей души, но без публичных разборов травм — такого непонятного мне прилюдного обнажения до кости.

Судя по количеству рекламы тематических тренингов, сегодня силен запрос на практики, направленные на доласкивание «внутреннего ребенка». Словно решить проблемы с миром и отношениями можно, если наконец-то долюбить, дообнимать и добаловать себя. Будто мы долго-долго стояли на паузе и зябли на холодном родительском ветру — и вот теперь кнопка отпущена, девочка со спичками может вернуться домой, где будет жареный гусь, большая елка и любимая бабушка, еще живая. Да только...

Папа и мама тогда были на тридцать лет моложе, деревья — большими, а за окнами скрипела несмазанными колесами телега другого времени: с другими историями, представлениями о счастье и героями. Но нет больше ни тех людей, ни тех нас — только смутные образы в голове, несколько горьких фраз, звоном отдающих в ушах по ночам, да неотпущенные обиды.

И ничего о том, как быть взрослыми.

Не доигрызающими в детство большими детьми с тонной претензий к уже престарелым родителям, а взрослыми, которые не ищут себя, потому что никогда себя и не теряли.

Тема взрослости — невероятно важная в контексте нежности к себе. Потому что это про внутренний источник поддержки и принятия, про опоры, которые создаются возрастом и опытом, про порядок в голове, который наводишь не потому, что мама сказала прибраться в комнате, а потому что в доме, где светло и просторно, хочется жить.

Как это — быть взрослым?

Размышляя о том, почему взросление часто пугает, я решила пойти дальше, чем «потому что взрослые — скучные». Качества, которые обычно приписывают детям — любопытство и способность искренне удивляться новому, — не являются исключительно «детскими» (как «уныние» и «занудство» — взрослыми). Эмоции и черты характера — это не молочные зубы, чтобы зависеть от возраста. Так что быть взрослой — хорошо, быть взрослой — можно, даже если приходится:

Не отводить глаза. Больше нельзя забраться под кровать или притвориться «мертвенькой»[18] — нужно смотреть в лицо реальности и что-то с ней делать. Вернее, так: и забраться, и притвориться *можно*, но цена последствий будет выше. Принцип «If I ignore it, maybe it will go away»[19] во взрослой жизни работает из рук вон плохо.

Расширять круг заботы и ответственности. Родители, дети, друзья, коты, собаки, дом, машина, садики, штрафы, кредиты, проценты по кредитам, ремонт, затопленные соседи... Прямо как в известной шутке: «Взрослая жизнь — это круто! Можно гулять, пить и веселиться сколько угодно... по дороге на свои три работы».

Считаться с фактом, что время неумолимо. Если вы чего-то не успели, уже велик риск и не успеть — по причинам, никак не зависящим от приложенных усилий. Кожа увядает, в волосах появляется седина, нужно больше времени, чтобы восстановиться после бурной вечеринки накануне. А впрочем, перспектива лечь спать пораньше и проснуться без похмелья уже выглядит заманчивее, чем секс на пляже. Оп — и вы уже начинаете беречь колени, правильно поднимать тяжести, досушивать феном до конца волосы зимой и радоваться, когда пальто прикрывает попу. В доме вдруг появляются ряженка и кефир, мази от растяжений уверенно теснят «Алка-Зельтцер», а в морозилке появляется уже не только лед для виски, но и кости для супа.

Не раздражаться на тех, кто думает иначе. Один из главных критериев взрослости — спокойное отношение к чужой точке зрения, что особенно актуально в эпоху соцсетей с их «разборками в комментах». Мне очень нравится мысль, которую я встретила у психолога Екатерины Бойдек[20]: зрелого человека чужая позиция не раздражает. Она вообще не вызывает эмоций, поскольку никак не влияет на его убеждения и спокойную уверенность в своем праве думать и поступать так, как он считает нужным. Чужое мнение задевает, когда вы чувствуете себя перед другим человеком или ребенком (и тогда чужая позиция пугает), или подростком (чужие слова вызывают жажду бунта и протеста). Но если вы ощущаете себя с ним на равных, то что бы он ни сказал, это не выведет вас из себя.

Один из самых больших вызовов современного мира — оставаться собой там, где звучит иное мнение, и при этом не чувствовать себя виноватым за то, что не ввязываешься в войну за свою правду, не вступаешь в конфликт, не бьешься насмерть за идею. Но ведь чтобы думать по-другому, жить по-другому и воспитывать детей в других ценностях, вовсе не обязательно наблюдать, как мимо по реке проплывают трупы тех, кто думает и живет иначе.

К сожалению, такая взрослость часто расценивается как некая душевная хлипкость, трусость. Книжки, на которых мы росли, учили другому: если ты во что-то веришь, будь готов стоять до победного конца, так поступают храбрые, так ведут себя герои. Быть бережнее к себе — значит отслеживать, когда вас пытаются втянуть в войну, которую вы не выбирали.

Услышав то, что расходится с вашими взглядами и сердечным ритмом, просто скажите: *«У меня другое мнение»*. Не аргументируйте и не защищайте его, если не хочется. Вы не обязаны это делать. Вы имеете полное право думать иначе, хотеть иного, верить в другое, считать правильным не то, что считают другие, а то, что вы ощущаете правильным для себя, — но сражаться за это только тогда, когда готовы.

Промолчать там, где вы думаете иначе, — это не слабость и не предательство своих убеждений. Это взрослость: когда понимаешь, что можно жить в согласии со своими ценностями без отчаянной борьбы за то, чтобы их разделяли другие.

Отказаться от игры в «грандиозность другого». Не относитесь к незнакомому человеку с пиететом просто потому, что он старше, — мол, прожил больше, знает лучше. Или потому, что должность у него звучит непонятно и сложно, а вид — деловой и грозный.

Каждый раз, ловя себя на этом, бережно себе напоминайте: не преувеличивай (другого в своих глазах), не навешивай на него свои нерешенные проблемы с родительскими фигурами (и всех собак). Он, этот другой, не большой и не маленький, он своего собственного размера, обычного взрослого. Может быть, он действительно в чем-то лучше, мудрее и компетентнее тебя. Но очень может быть, что и нет.

Отделяться от «мы». С любовью и нежностью знакомясь со своей взрослостью, возьмите за правило не лезть со своими страхами и тревогами (а также заботой и непрошеными советами) в зону чужой ответственности. Не переживайте за чужие реакции, не подменяйте чужие чувства своими, не тащите эмоции туда, где и слова отлично справятся (слова вообще идеально заточены для того, чтобы решать проблемы).

Выстраивая жизнь на основе взрослых ценностей, понимаешь, что счастье не в слиянии с кем-то, а в отделении от «мы».

Не назначайте ответственными за это чувство членов семьи или друзей. Здорово если они понимают вас, поддерживают, создают безопасную и питательную среду, верят в ваши начинания и вообще всячески способствуют вашему развитию и росту. Но это — их подарок вам, а не обязанность.

Осознавать, из чего вы выросли. Создайте и время от времени пересматривайте список под кодовым названием «I'm too old for this shit»[21], в котором будет перечислено то, чего вы больше не делаете, потому что выросли из этого, и что больше не отражает ваши представления об уважении, нежности и любви к себе.

Да, возможно, вы делали так когда-то, соглашались на такое обращение с собой, принимали такие условия — но это осталось в прошлом. Теперь вам важнее другое (прежде всего — вы сами), вы слышите себя лучше — и к своему возрасту уже знаете, на что больше не подпишетесь.

В качестве примера и для вдохновения приведу десяток позиций из моего списка (возможно, найдется что-то общее с вашим).

I’m too old for this shit:

1) выслушивать бесцеремонные советы от прохожих;
2) одеваться красиво, но не по погоде — никаких тонких колготок в мороз!
3) играть в игру «угадай, почему я обиделась/обиделся»;
4) покупать ненужное, даже если оно продается со скидкой;
5) посылать «лучики добра» вместо прямого вопроса: «Чем помочь?» или непосредственно помощи, если я хочу и могу помочь;
6) дочитывать неинтересные книги, досматривать скучное кино;
7) стесняться своего возраста или кокетливо задавать вопрос: «А сколько вы мне дадите?»;
8) хранить тесную одежду в шкафу в надежде, что когда-нибудь похудею.

Проработка точек «категорически нет» — важный шаг на пути развития нежности к себе, поскольку они отвечают на вопрос: «Как я могу о себе позаботиться?» А вот так: не делать того, что вам не подходит, не соглашаться на то, что выводит из равновесия, не терпеть по отношению к себе поведения, которое делает вам больно. Это не «придурь» и не «психованность», как могут попытаться вам внушить.

Это нормальное взрослое поведение — жить без насилия над собой: и собственного, и чужого.

Разбираясь с тем, что нам не нравится, где пролегают границы наших «не хочу», мы становимся способными и другим разрешить чувствовать то, что они хотят. (Или не чувствовать ничего. Или — не к нам). Мы не тратим свои ресурсы, чтобы их переделать, переубедить, открыть им на что-то глаза или мотивировать. Они взрослые люди и сами отвечают за свои выборы.

У меня однажды был такой опыт, когда я впервые поняла, что не «зацепила» мужчину. Что несмотря на то, что я была симпатичной, умной, смешной и легкой, у него по отношению ко мне ничего внутри не шевельнулось. До этого мне казалось, что право «не влюбиться» есть только у меня, что это только я могу отказывать и предлагать «остаться друзьями». А здесь мужчина, который мне очень понравился и с которым я была бы рада завести роман, вдруг дал мне понять, что магия не сработала, химия не случилась, общих детей у нас не будет, короче — «всего хорошего и спасибо за рыбу».

Встретиться с чужим «не хочу» и не разрушиться от этого — непросто. Но это совершенно точно то, чему следует учиться, чтобы мир не складывался пополам всякий раз, когда вы встречаете сопротивление.

Учиться отпускать без драмы. Это не про знаменитое: «Если любишь — отпусти, если оно твое, то обязательно вернется, если нет — то никогда твоим и не было». Это про то, чему меня каждый год учат весенние работы в моем саду, когда я перекапываю тонны земли, сею сотни семян, становлюсь мастером в искусстве смирения с потерями.

Суть последнего выражается в грубоватой, но честной формуле: «Что-то обязательно сдохнет». Как бы я ни плясала, ни била в волшебный бубен, в моей власти — лишь часть происходящего, ведь еще есть улитки, мучнистая роса, безжалостное солнце, возвратные заморозки и маленькие шустрые детские ноги, которым все равно что топтать. Так же и во взрослой жизни: можно старательно возделывать свои идеи, выращивать в «парнике», оберегать от ветра, но что-то когда-то обязательно пойдет не так и обнажит уязвимость ваших усилий, если не сведет их на нет.

Однако это *никогда, никогда, никогда не повод, чтобы не пытаться.*

В конце концов, «зрелый человек отличается от незрелого тем, что незрелый знает, что будет делать в случае выигрыша, а зрелый — что он будет делать в случае проигрыша»[22].

Ресурсы взрослости

Зрелость дарит нам много подарков, самое приятное в которых — их надежность и «неотчуждаемость». Они становятся нашими опорами, «ценными личными вещами», за которыми не нужно присматривать, потому что их невозможно отнять. Однажды обретенные, они помогают нам сохранять здравый смысл и чувство юмора, даже если все вокруг летит в тартарары. Среди этих подарков:

Умение тормозить. Вплоть до полной остановки и смены курса. Это когда вы не пытаетесь что-то кому-то доказать или выглядеть в чьих-то глазах последовательным человеком (который, сказав «А», говорит «Б», даже если и не очень-то собирался), а корректируете путь, когда появляются новые вводные, влияющие на проложенный маршрут.

Навыки. Любые практические умения, позволяющие в нелучший год продержаться на плаву. Печь хлеб, водить машину, выращивать цветы, считать налоги, рисовать брови, делать массаж, плести ловцы снов или стричь кошке когти — в общем, все, что умещается в «я могу, я умею, я уже пробовала, я знаю как» и сможет однажды прокормить, если сферический конь в вакууме в виде модной и сложно произносимой профессии вдруг отбросит копыта.

Опора не только на страсть, но и на рутину. Когда вы знаете, что невозможно быть стабильно на подъеме, и поэтому не строите иллюзий о любви до гроба, страсти на всю жизнь и волшебном неиссякаемом источнике денег и вдохновения. Как сменяют друг друга времена года, так и наши начинания (проекты) проходят свой цикл спадов и роста. Мысль, помогающая пережить период пробуксовки: «Не надо подвигов, достаточно маленьких шагов».

Здесь уместно привести совет, который часто дают в книгах по писательскому мастерству, если автор сталкивается с творческим тупиком и не знает, о чем писать дальше: *садись и пиши о том, что тебе не о чем писать*. Глядишь — и целый хороший рассказ получится.

Осознанный выбор духовного пути. Этот подарок взрослости — в возможности отойти от традиционного семейного сценария «во что верить». Оглянуться по сторонам, удивиться богатству выбора, продегустировать все, что покажется аппетитным. Разрешить себе сомневаться в том, что навязывали, не объясняя, или, наоборот, открыть для себя невероятную и ранее не осознаваемую глубину той духовной системы, в которой выросли, но которая никогда не ощущалась близкой сердцу.

Отказ от скоропалительных выводов и суждений. Вы взрослеете, когда за закрытыми глазами людей в метро начинаете видеть *истории*, а не только усталость, отразившуюся на лице: вот здесь увольнение в никуда, здесь — распадающаяся семья, здесь — дети, которые не звонят, здесь — умер сын. И все эти глубокие морщины, опущенные уголки губ, плохо прокрашенные корни и стоптанные подошвы туфель — не от лени, недалекости или пустоты внутри, а от *жизни*. Той самой, которая плевать хотела на лозунг успешного успеха: «Возможно все!». Потому что *ничего* в этой жизни тоже возможно. И у взрослости в рукавах припасено много убедительных доказательств этого.

Уважение своих предпочтений. В сексе, еде, людях, способах восстанавливаться, развлекаться и отдыхать (равно как и в способах страдать и мешать другим веселиться). Как писала Полина Санаева: «Если все по-взрослому — в жизни у тебя больше того, что тебе нравится. Включая твои причуды и странности, песчинки и трещинки, которые давно обнаружил, с которыми сжился и которые тоже ежедневно украшают жизнь. Прелесть в том, что ты уже простил себе бзики, и с каждым у тебя есть история отношений: отрицание, гнев, торг, депрессия, принятие — и все это позади»[23]. Вам уже не нужно за них извиняться: те, кто знает вас давно, любит вас вместе с ними, а кто говорит, что вместе с ними вас любить невозможно, тот просто ничего не понимает в любви к вам.

Чем старше становлюсь, тем меньше понимаю, как нам всем жить, чтобы не перегрызться, потому что на каждое «я верю» находится «а я нет», на любое «нужно только так» — противоположное «нет, по-другому будет лучше». Причем все точки зрения в какой-то момент верны — как показывают дважды в сутки правильное время сломанные часы.

Что у нас остается в сухом остатке из правды? Только правда момента: то, что сработало для вас, не факт, что сработает для кого-то, потому что он — не вы. Другой человек рос в иной семье, иной среде, на иных мультиках и играх во дворе, поэтому ваш хрустальный башмачок на его ногу в большинстве случаев не налезет. Зато это позволяет узнать, что есть разные башмачки и разные ноги. Не хуже и не лучше — просто другие.

Вы имеете право думать по-другому. Вы имеете право не любить то, что вы «должны» любить. С вами все в порядке. Можно.

Смотреть на себя с нежностью и любовью

Думаю, вы хорошо знаете, чьим голосом говорит ваш внутренний критик — тот самый, который про «вечно у тебя все не как у людей». Обычно это родительский, но может быть и голос учителя, тренера, мужа, начальника, язвительной соседки или вечно недовольного противного родственника. Как по нотам знаете и его репертуар: вздохи, щедрое навешивание ярлыков, припоминание неудач из прошлого, нелицеприятные сравнения с другими, раздраженное фырканье и цоканье языком.

Мой критик всегда был беспощаден и скор на расправу — с такой внутренней субличностью и враги не нужны.

Можете представить мое удивление, когда однажды вместо привычного зудения о том, какая я неправильная и «всенетакая», я вдруг услышала спокойный мудрый голос внутри, говорящий (и советующий) дельные вещи.

Пожалуй, это стало моим самым большим подарком взрослости — когда я наконец-то смогла оставить право советовать, как мне жить и какой быть, исключительно за собой.

Этот *добрый взрослый внутри меня* не пытался в чем-то обвинить, упрекнуть, одернуть или покритиковать. Его не заботили остальные — его заботила только я, мое спокойствие, здоровье, настроение и цветущий вид. «Если не хочешь мыть посуду сейчас — оставь ее в раковине до утра, мир не рухнет». (Спойлер: действительно не рухнул.) «А давай наденем не красивое, а теплое?» (А давай.) «Какой смысл сердиться и раздражаться — злостью ситуацию не исправишь, нужно время — и все само пройдет». (Так и случилось.) «Дружочек, я понимаю, что все это ощущается как конец света, но давай не будем ложиться и помирать, давай просто глубоко подышим, выйдем из себя и зайдем обратно нормально, а потом еще чуть-чуть подышим и, если не поможет, качественно погрустим — нам можно».

Добрый взрослый внутри меня говорит без иронии, пассивной агрессии, активного стремления растормошить, починить, привести в чувства. Он допускает все, и принимает все, и дает мне ровно столько времени, сколько нужно. Кажется, это иногда называют мудростью.

Попробуйте и вы увидеться и обняться со своим добрым взрослым. Тем, чей голос исходит из вашей глубины, из самого естества, кто смотрит на вас с нежностью и любовью. Осознайте, что он — это вы. Вы-взрослая. Вы-уже-доросшая. Вы-уже-способная-утешить-саму-себя. Встать рядом с собой плечом к плечу, взять за руку и никогда не отпускать.

Почувствуйте, каким теплом разольется по телу это знание. Как захочется плакать с непривычки. И точно не захочется больше клевать себя в темечко и проедать плешь.

Взрослость — в том, чтобы обрести свой голос
и заметно приглушить, если не выключить,
остальные.

Помочь в этом может одно простое мысленное движение: в конце каждого обращения к себе в течение дня добавлять *«...моя хорошая»*. Независимо от того, гладите вы себя по шерстке или ругаете. Особенно, если ругаете. Сравните: «Вот блин, опять не успела!» И: *«Вот блин, опять не успела... моя хорошая»*.

Почему именно «моя хорошая», а не, например, «ай молодец»? Потому что во втором случае все-таки ощущается болезненная фиксация на результате: получилось — умничка, не получилось — ну во-о-от... А фишка в том, чтобы напоминать себе, что *вы — хорошая все равно, при любых обстоятельствах.* Даже если не успели, опоздали, пересолили или переели.

Нежность к себе — не только в том, как мы с собой обращаемся, но и в словах, которые себе говорим. Многие стратегии достижения целей построены на том, чтобы держать себя в ежовых рукавицах: делай, беги, стой, иди, нет времени объяснять. Эта манера перенимается и принимается за норму. Но это можно изменить (*моя хорошая*) — так пусть эта книга станет для вас точкой отсчета, с которой эта перемена произойдет.

Памятка нежности к себе

1 Празднуйте каждый новый навык и умение, расценивайте их как инвестиции в капитал силы. Особенно уважайте свои таланты: счастлив тот взрослый, которому удалось понять, в чем его дар — что у него получается легче и лучше, чем у других. Талант нельзя забрать по брачному договору, украсть или повторить, и нежность к себе — по максимуму использовать свои возможности для придания жизни смысла.

2 Пропускайте мимо ушей бубнеж и морализаторство. Никто не имеет права вас воспитывать, отчитывать или журить, как маленького ребенка. Помните о волшебном «проверочном» вопросе: «Я действительно хочу жить так, как живет тот, кто говорит мне, как надо делать?» И если ответ «нет», продолжайте движение.

3 Ищите приятные вам ролевые модели взрослого поведения. Наблюдайте за реакциями людей, манерой подачи себя, способами выражать мысли. Подсматривайте за тем, как растут другие.

4 Цените свое право помогать и менять мир добровольно, а не потому, что так «надо» или от вас этого ждут. Волонтерство, благотворительность,

экологические инициативы — поддерживайте только то, что совпадает с вашими ценностями, во что вы искренне верите. Не участвуйте в чем-то из-за страха неодобрения или упреков в черствости, не причиняйте добро из-под палки.

5 Хорошо, если рядом есть человек, на которого можно положиться, но еще лучше — иметь опыт стояния на своих двоих, ремесло, которое может вас прокормить, и несколько сотен баксов в носке под кроватью на всякий случай.

6 Это страшно, но на самом деле очень мудро и по-взрослому: брать ответственность за себя на себя. Недаром в шутке «Мама прожила свою жизнь, проживет и твою» только доля шутки, остальное — правда.

7 «Поскольку человеку свойственно стремление вмешиваться во все своей критической частью, ваше эго нужно чем-то занять. Пусть оно перепечатывает тексты, пишет адреса на конвертах, лижет марки. Главное — чтобы оно держалось подальше от вашего творчества»[24].

у судьбы и смерти руки с когтями, загребущие, жилистые;
а любовь щедра, как заезжая знаменитость или простак.
но запомни: твое сердце не банка для милостыни,
а хороший такой
швейцарский банк.

Ксения Желудова

нежность

пятая.

деньги

Каждая из нас имеет свою историю отношений с деньгами и теорию о том, как они приходят и почему исчезают. Кто-то верит в магию красных трусов на люстре (не спрашивайте — гугл лучше объяснит), кто-то — в то, что чем больше отдашь, тем больше получишь, а кто-то просто считает зарабатывание денег увлекательной игрой и тащится от процесса.

Я долго думала, включать ли тему денег в книгу о нежности к себе. Все-таки это не мануал от финансового эксперта о том, как заработать и во что вложить, чтобы жить на пассивный доход и ни о чем не волноваться. А потом поняла: именно потому, что с деньгами связано много тревоги, эту тему стоит рассмотреть — разобраться, из-за чего вы относитесь к деньгам настороженно, и научиться выстраивать отношения с последними из принципа нежности к себе.

Самые лучшие деньги — ваши

Прежде всего важно обнаружить те убеждения в нас, которые определяют, что мы чувствуем или как поступаем в отношении денег. Если мы верим, что «большие деньги — большие неприятности», мы неосознанно будем испытывать страх перед большой зарплатой или стараться как можно скорее избавиться от выигрыша в лотерею, чтобы не жег карман.

Фразами-наоборот («Большие деньги — большая радость») делу не поможешь — от привычки думать так, а не иначе (а наши убеждения — это как раз мыслительные привычки) так просто не избавишься. Многие из них с нами уже десятки лет, мы росли на них и взрослели, и до сих пор слышим от людей из близкого окружения. Корни большинства из них уходят еще в детство, когда мы все, что говорили вокруг, принимали за чистую монету. Своего опыта не было — оставалось верить на слово.

Работа с психологом по поиску ошибочных установок насчет денег бывает длительной и болезненной: пока вы вместе со специалистом доберетесь до того, что лежит в яйце, которое в утке, которая в зайце, который в сундуке, который под дубом, который на острове в океане, — сойдет семь потов. Но даже если ошибочная установка лежит на поверхности и вы ее ухватили за хвост, самое тяжелое все равно начинается только после этого: формирование привычки думать по-новому.

В таблице ниже я привожу «денежные» установки, обнаруженные у себя, а также те, которыми со мной поделились подписчики. Чтобы сделать эту часть книги максимально полезной, я решила к каждому убеждению привести антидот — идею-противоядие. Она объясняет иррациональность установки, а не просто переворачивает ее смысл методом «от противного».

Установка	**Мысль-альтернатива**
«Денег нет»	«Нет денег *на это*, а не вообще. Я могу их перераспределить — и тогда деньги на это будут. Или придумать, как заработать. Деньги есть всегда — если не у меня, то у других. Их можно попросить в долг или продать что-то ненужное, но они никуда не исчезали».
«Деньги добываются потом и кровью»	«Деньги не добываются, это не руда. Я обмениваю на деньги свои навыки, ум, таланты, способности, делая что-то, что другие делать не умеют, делают хуже или делать не хотят. Я не хочу, чтобы мне платили за то, чтобы я умирала на работе».

Установка	Мысль-альтернатива
«Писульками/танцульками/песенками/картинками и т. д. много не заработаешь, лучше б нормальные деньги пошла зарабатывать»	«Нормальные — для кого, по чьим критериям? Если вы меня не содержите, то и в карман мой не заглядывайте, пожалуйста. Для меня любые мои деньги — нормальные. Они вообще для меня самые лучшие. Потому что мои».
«Деньги мужа — не мои, я не могу их тратить на себя, только на ребенка»	«Если я «подключена» к этим деньгам, даже опосредованно, я уже в их защитном поле, я могу их любить. Воспринимать как мою опору. Деньги пришли в семью, в общий бюджет — моя роль в этом тоже есть».
«Много хочешь — мало получишь», «хотеть не вредно»	«Много хочу — много и получу. Я не подаяния прошу у тех, кто богаче, я зарабатываю — там, где я нужна, тем, чем могу, на то, что считаю важным».
«За деньги могут убить», «деньги — это угроза»	«Страх из 90-х, впитанный с сериалами про бандитов и из чернухи в новостях. А ведь все наоборот: если у меня есть деньги, я могу обеспечить себе лучший уровень безопасности. Никто не хранит сегодня большие суммы налички дома и тем более не носит с собой. А к банковскому счету пойди подберись еще — там все сложнее, чем темный переулок и дубинка».

Установка	Мысль-альтернатива
«Больше денег — больше проблем» «денег нет — зато сплю спокойно», «больших денег честно не заработать»	«Больше денег — больше возможностей о них (и о себе) позаботиться. В мире много богатых людей, схемы законного сохранения и приумножения денег хорошо проработаны — это вопрос консультации у грамотного финансового специалиста, но «деньги» совершенно точно не равно «проблемы». Последние возникают по другим причинам (махинации, сокрытие налогов, неумение сказать «нет» на просьбу о кредите и др.)».
«Не отсвечивай золотишком, это неприлично»	«Заработанное — не украденное, здесь нечего стыдиться. А что я на него покупаю — брюлики, стразики или билеты в театр — никого не касается».
«Не жили богато, нечего и начинать», «не богато, зато чистенько»	«Бедно мы уже жили, можно и закончить, этот урок понятен и пройден, давайте попробуем чего поинтереснее. Мне пойдет быть богатой, я уверена».
«Бедные — хорошие, богатые — плохие»	«Деньги не определяют качество личности. Есть много подлых бедняков и много широкой души богатых». «Разве мои друзья — все бедняки? Или разве мои враги — невероятно богаты?»

Установка	Мысль-альтернатива
«Не в деньгах счастье»	«Незачем вообще соединять эти две категории. Так говорят, пытаясь себя утешить. И это стремление себя поддержать — прекрасно, просто криво сформулировано, через антитезу. Лучше так: «Счастье — и в деньгах, и в возможностях, и в чувствах». Во всем, что я придумаю для себя считать за счастье».

«А сколько я стою?»

Меня часто спрашивают, как назначать цену за свою работу, если не знаешь, сколько попросить. Ну вот нет в голове цифры, застали вас врасплох с таким вопросом. Это может касаться как разовой подработки, так и зарплаты в целом. Кто-то начинает изучать среднюю цену по рынку и плясать от нее, кто-то ориентируется на то, сколько за такое же берет «сын маминой подруги». Мой совет не меняется годами:

просите столько, за сколько вам будет комфортно взяться за работу и довести ее до конца.

Цифра не обязана коррелировать ни с чем, кроме вашего собственного ощущения «да, вот за такую — нормально». Здесь важно слушать, как на нее откликается тело, а не ум, который тут же начнет семафорить флажками: «Ты что, это дорого!» или «Слушай, да чего за это вообще деньги брать, сделай бесплатно...».

Если вы назначите цену, с которой внутренне не согласны, довольно скоро начнете раздражаться на себя за то, что ввязались в проект. Вам будет казаться, и с каждым днем все больше, что вы продешевили, что заказчик дурак и за эту цену не имеет права трепать вам нервы. И будете продолжать работать, медленно умирая. И результат будет примерно такой же: мертвенький.

У меня на этот счет довольно жесткая позиция: если я понимаю, что на мне начинают ездить, требуя бесконечных и объективно бессмысленных правок, я отключаюсь от проекта эмоционально и останавливаю сотрудничество. Забираю то, что мной сделано (не разрешаю это использовать), и возвращаю деньги заказчику, либо не беру их вообще. Меня не волнует упущенная выгода, мне не жалко потерять потенциальный доход — мне больше жаль потерять себя, обслуживая хаос в чужой голове. (*«— Я ничего в этом не понимаю, вы специалист, вот вам деньги, расскажите, как правильно. — Вот так правильно. — Я не согласен»*[25].)

Есть особая разновидность заказчиков, которым всегда будет что-то не нравиться — не потому, что с вашей работой действительно что-то не так, а потому что это сделали не они. Но вы же понимаете, что это не к вам вопросы?

Важное уточнение: не надо путать остановку сотрудничества, потому что вы не можете договориться с заказчиком, и ситуацию, когда вы выгорели в процессе. Такое тоже бывает — вы взяли на себя больше, чем смогли потянуть, не рассчитали силы. В данном случае нужно найти смелость признаться в этом — себе в первую очередь. Осознать, что лучше отползти в сторону, пока вы еще дышите, и постараться найти специалиста, который сможет вас заменить, подхватив проект. Возможно, ему он придется как нельзя кстати. И вы живая, и ему хорошо.

Часто при назначении цены подспудно маячит страх потери клиента: «А вдруг ему будет дорого?» Здесь я твердо придерживаюсь следующего: не нужно оценивать и волноваться за чужую покупательскую способность. Если человеку будет дорого — он скажет об этом: «Понятно, спасибо, не потяну». Однако часто платят не только за то, что вы делаете, но и за то, что это делаете именно вы. У заказчика могут быть свои интересы, почему он хочет работать с вами. И здесь мы возвращаемся к принципу, описанному выше: прежде всего цена за работу должна быть комфортной вам, а не заказчику. Не надо думать за купца. Товар у вас.

Я так уверенно говорю об этом потому, что, когда сама нахожусь в роли «купца», придерживаюсь того же: уважаю чужое право назначать любую цену — и просто не беру «товар», если мне дорого, а ищу вариант, который меня устроит.

Еще один способ назначения цены за свою работу: попросите сначала озвучить предложение («Сколько вам комфортно мне заплатить?»). У человека всегда есть в голове некое представление о том, сколько он готов (или не готов) выложить за решение своей проблемы. Если цена вас устроит — соглашайтесь, если нет — всегда можно поторговаться и поднять цену до комфортного уровня. Если человеку будет дорого, он откажется (и это совершенно нормальная ситуация!) — но зато вы не будете работать с гнетущим чувством вины перед самими собой, что ввязались в проект на изначально неудобных условиях.

«У меня нет амбиций»

В нашей культуре не принято задавать вопрос о зарплате и даже в кругу близких друзей обсуждать, кто сколько зарабатывает. Это вопрос, который может ненамеренно обидеть — например, если человек отождествляет себя с той суммой, которую получает, и считает ее маленькой или даже смешной. Оттого и себя может считать маленьким и смешным — и другие, как ему кажется, тоже поднимут его на смех, узнают о его неспособности «быть успешным и пробивным» и позорно низком уровне амбиций.

Амбиции в общественном сознании связаны с желанием получать как можно больше и бодро продвигаться по карьерной лестнице (от клерка до директора). Это хорошие, замечательные желания — если это действительно то, от чего вас прет.

Важно помнить, что ничего из этого не хотеть, не любить большой ответственности и не иметь задатков к руководящей работе — тоже нормально. Талантливые менеджеры — это люди особого склада ума, умеющие думать на перспективу, справляться с множеством переменных и разрабатывать сложные «многоходовки». Этому невозможно научиться по книгам, пытаясь вжиться в роль «амбициозного менеджера». Чем сильнее заставлять себя делать то, к чему у вас нет склонностей, тем выше риск себя поломать, но так ничего толком и не добиться. Или добиться, но неоправданно дорогой ценой — когда все будет получаться легко, но перестанет быть интересным. (*— Какие задачи, связанные с этой должностью, вы планируете решать, работая здесь? — Быть дома к 18:00. Максимум к 18:30*[25].)

Здоровая амбициозность — это постоянная сверка целей, которых хочется достигнуть, с тем, как они откликаются внутри.

Можно идти за ростом и чувством «Ух ты!» к людям, которые симпатичны, в компанию, создающую такой продукт, что вы готовы и бесплатно там работать, лишь бы поучаствовать в волшебстве. А можно — только за деньгами и записью в трудовой.

Не поймите меня неправильно, цель «тупо хочу денег» — тоже имеет право быть. Но она не про нежность к себе — скорее про сложную финансовую ситуацию, когда деньги — приоритет номер один. В долгосрочной перспективе концентрация только на деньгах приведет к выгоранию: сложно любить жизнь, если большую часть дня тратить на борьбу с отвращением к тому, что делаешь, или к людям, с которыми приходится общаться (коллеги, клиенты, партнеры).

Бесплатная работа

Я много работала бесплатно. Будучи молодым специалистом, могла о деньгах не переживать — не было ни семьи, ни детей, ни необходимости платить за квартиру. К тому же это было отличной возможностью набраться опыта, набить руку, расширить портфолио.

Сегодня бесплатная работа для меня — роскошь. Только по очень большой любви — и только по собственной инициативе. Потому что я знаю, чем из своей жизни мне придется за нее заплатить, а главное — я не хочу делать ее, проклиная себя за неспособность отказаться.

Отсюда и мое негласное правило не прибегать к профессиональной помощи друзей бесплатно — я всегда предлагаю назначить за работу цену. Если человек отнекивается, спрашиваю, чем другим я могу отблагодарить, чтобы ему было приятно. Потому что я уважаю его время, навыки, опыт — и очень не люблю фразу «да ладно, потом сочтемся». В моем мире идеальное «потом» — это «сейчас». Я не знаю, в каком состоянии буду, когда придет его «потом», — возможно, буду лежать без сил и все ненавидеть. И тут вдруг он со своим: «Снег идет. С первым днем зимы! Помнишь, ты мне когда-то обещала помочь? Ну так во-о-от...»

Оплачивая чью-то работу, вы переводите отношения из дружеской плоскости в рабочую, а значит, имеете право просить что-то переделать, смело говорить, что не нравится, и задавать столько вопросов, сколько влезет. Бесплатно мучить друга просьбами «сделать так же, только с перламутровыми пуговицами» совесть не позволит — и вы быстрее согласитесь из вежливости на то, что вам не по душе, чем попросите что-то переделать. Часто это не лучший выход из ситуации — и время оба зря потратите, и результат выйдет так себе.

Если вы из тех людей, кто отказывается от денег, потому что «брать с друзей неудобно», просто *перенаправьте поток благодарности в другое русло* — пусть их переведут на благотворительность, например. Или положат на телефонный счет вашей мамы. Или купят на них корм бездомным животным. Но если человек хочет отплатить — бережнее будет разрешить ему это сделать, освободив его таким образом от ненужной энергетической связи с вами.

К слову *о благотворительности:* я убеждена, что она должна быть исключительно добровольной и из состояния избытка, а не на последние деньги. Как и милостыня, как и чаевые. Я понимаю, что выдержать чувство «я не хочу давать деньги» часто бывает сложным — подключаются установки про «хорошие люди делятся последним», «жадин никто не любит», «как ты можешь радоваться жизни, если другим так плохо» и прочие. Но если вы не хотите давать деньги — это значит, что вы не хотите давать деньги, и у вас точно есть на это какая-то причина, просто вы ее не осознаете (и не надо от себя этого требовать). Вашего *нежелания* достаточно, чтобы не давать. Вы себя знаете, вы живете с собой много-много лет, и вам прекрасно известно, что в другие моменты вы бывали необычайно щедры, делали это от сердца и ни о чем потом не жалели. Никто не ведет счет, скольким людям и инициативам вы помогли в этом году, заслужили ли подарков от Деда Мороза. Однако вы всегда будете помнить ту фальшь и неискренность, которая сопровождает «щедрость из-под палки» — и по закону бунта против принуждения начнете делиться своими ресурсами еще неохотнее, сдержаннее и реже.

«Не могу тратить на себя»

Когда не жаль на подарки, на детей, на мужа, даже в дом не жалко купить что-то большое и бесполезное — а вот на себя потратить жаль. Напоить себя кофе, купить новое платье, обновить коллекцию нижнего белья или купить вебинар на интересную тему — это же такое чувство вины потом придется испытывать, что оно затмит любое удовольствие от покупки.

Я понимаю это чувство, и мне тоже с ним непросто. Помогает работа с установками и критическое переосмысление исходных данных: почему я думаю, что нельзя? Я оставлю своих детей голодными? Нам нечем будет заплатить за интернет? Это мои последние деньги и больше не будет? Муж будет упрекать в расточительстве? Мне не хватит на бензин, чтобы доехать до дома?

Через какое-то время я четко понимаю, чьим голосом в моей голове звучит этот запрет — и откуда у скупости к себе растут ноги. Я понимаю, что деньги для меня во многом про безопасность — пока есть хоть какая-то заначка, я чувствую под ногами землю. В жизни были моменты, когда ее из-под меня выбивали, и они были связаны именно с финансовыми потерями. Деньги, заработанные мной, брали без спроса и спускали неизвестно на что — и я хорошо помню те чувства ярости, несправедливости и бессилия. С тех пор мне сложно тратить здесь и сейчас (но я учусь) — сначала мне нужно убедиться, что я в безопасности, фундамент моего быта прочен, тылы обеспечены, мне точно есть где и на что жить. Я умею варить кашу из топора, никуда не ездить, ничего не хотеть и одеваться в секонд-хенде так, что никто не догадается, — и я знаю, что эти таланты уже навсегда со мной. Но также я понимаю, что этот период пройден и, как в компьютерной игре, произошло сохранение на уже каком-то качественно ином уровне. Меня не откатит до нуля, поэтому «выдыхай, бобер» — у тебя есть круг поддержки, доля в недвижимости, практические знания, как вырастить тыкву и кабачок, и приличный набор навыков, которые востребованы на рынке. Ты справишься, если что.

Я буду рядом — и мы справимся. Поэтому что ты там хотела, еще одну книгу? Покупай.

Вот так, медленно, постепенно и получается приучать себя к мысли, что тратить на себя — МОЖНО. Безусловно, легче это делать, когда никто не клюет тебе мозг, почему ты что-то купила, и не проверяет чеки, но это уже совсем другая история, про финансовое и психологическое насилие, и спасать себя тут тоже нужно по-другому, а не работой с установками.

Что еще может помочь расслабиться в плане трат на себя:

завести конверт «МОЖНО», куда складывать подарочные деньги или те, которые появились как сюрприз и неожиданность, — их же только на приятности тратить и хочется!

сформировать виш-лист и без стеснения отправлять его по запросу всем интересующимся («У тебя скоро день рождения. Что тебе подарить?»). Чем чаще вы будете вычеркивать из него пункты, тем выше будет вера в то, что хотеть — можно, не страшно, полезно и очень радостно;

завести виртуальную корзину милых сердцу вещей в каком-нибудь интернет-магазине, где в статусе «отложенные» будет лежать все, что вам хотелось бы купить. Каждый раз, заходя туда, вы будете видеть изменение цены (можно подловить хорошую скидку) и проверять свое «хочу» на признаки жизни. Если интерес к вещи пропал — удаляйте ее и наслаждайтесь закрытым гештальтом. У меня так собрана виртуальная корзина книг, в которую я регулярно захожу за эмоциональной подпиткой. С придыханием смотрю на обложки, представляю, как славно они будут смотреться в моей библиотеке, и, как Голлум, шепчу: «Моя преле-е-есть...» Удивительно, но всякий раз, проделывая этот нехитрый финт, я ощущаю, как мой книжный голод утоляется, даже если я не нажимаю кнопку «оформить заказ». Видимо, источником ресурса является сама возможность наблюдать книжное изобилие и держать то, что меня радует, на расстоянии клика.

«Не люблю, когда за меня платят»

Бывает, что женщина ощущает сильнейшее внутреннее сопротивление, если за нее платят, например в ресторане.

Если вам нравится платить за себя самой, это совершенно нормально и не требует дополнительных психологических танцев с бубнами. Делая заказ, просто попросите официанта оформить раздельный счет.

Если ваш партнер по ужину начнет настаивать, что заплатит он, всегда можно спросить: «Почему ты хочешь это сделать?»

Ответ многое прояснит: «Мне будет приятно это сделать», «Мне хочется позаботится о тебе», «Ну как, я же мужчина» или «Ты моя гостья». Если первые два ответа вызывают тепло и уменьшают сопротивление, то два последних намекают на некоторое следование протоколу, а не являются жестом искренности и свободной воли. Поскольку вы не отвечаете за чужие представления о долге (кто что решил на себя взвалить), вы всегда имеете право ответить: «Спасибо, я ценю, но сегодня я заплачу за себя сама».

Важно не только то, чего хочет ваш партнер.
То, чего хотите вы, — тоже важно.

Другое дело, если вас напрягает собственное сопротивление, и вы хотите избавиться от ощущения, что если за вас платят — вас покупают.

Что здесь можно сделать:

1. Переформулировать установку и вынести себя за скобки товарно-денежных отношений: «Платят не за меня, а за еду».
2. Договориться с угощающим о том, что в следующий раз платите вы (это как с денежным конвертом в подарок на день рождения от коллег — одна и та же сумма ходит по офису целый год). Либо возьмите на себя обязательство оставить чаевые официанту.

Главное — не требуйте от себя немедленного избавления от чувства неловкости за эту свою особенность. В ней нет ничего стыдного или неправильного, с вами все в порядке.

Важный момент: если человек, который за вас платит, имеет намерение, как вам кажется, потребовать потом «продолжения банкета» — у вас всегда есть право сказать «НЕТ», одеться и уйти. У вас есть право сказать «НЕТ» в любой ситуации давления и принуждения, на любое предложение, которое вам не нравится. Вы можете встать и уйти при малейшем ощущении «что-то не так», посреди разговора, не закончив или не дослушав фразы. Не объясняя. Не оправдываясь. Не реагируя ни на какие «ну чо ты как маленькая». Можно. Нормально. Уходите.

Памятка нежности к себе

1 Говорят, женщина, экономящая на себе, вызывает у окружающих желание сэкономить на ней еще больше. Поэтому помните: тратить на себя — можно, важно и нужно.

2 Разрешайте себе хотеть — вслух и письменно. Мой трехлетний сын на голубом глазу твердит: «Мама, хочу батут». Ему не важно, смогу я купить батут или нет, ему важно заявить о своем желании. Не поверите, но вы так тоже когда-то умели.

3 Переучивайте себя думать по-другому, если старые установки насчет денег вам больше мешают, чем помогают. Никогда не поздно начать это делать, чтобы оставшееся время пожить нормально.

4 Деньги — это про любовь, про энергию, про страсть, про радость. Наделите их смыслами, от которых вам внутри тепло и хочется танцевать.

5 Не заставляйте себя быть щедрыми против воли — деньгам не нравится, когда от них избавляются с тяжелым сердцем.

...говоришь о главном, плачешь о небольшом,
но согласись, это не больше, чем блажь;
завтра встретишь свое хорошо,
если сегодня его не предашь.

Ксения Желудова

нежность шестая. доверие к себе

Тема доверия к себе во многом перекликается с темой доверия к своим чувствам, но в этой главе мы расширим угол обзора и поговорим о важности отделять собственную оценку себя от оценки других, которая обычно подается под соусом «срочно починись, ты какая-то неправильная» и часто завязана на желании нам что-нибудь продать, чтобы «помочь» стать лучше.

Показательным для меня стал случай, когда я пришла в салон подкорректировать брови (выщипать отросшие волоски), а мне предложили их еще и покрасить, потому что они у меня «неправильной формы» — тонкие, а «такие сейчас не носят». Спасибо, говорю, не надо, мне они очень нравятся, я их люблю. Кажется, я даже услышала, с каким хрустом треснул шаблон у мастера в голове. В салонах красоты не привыкли слышать от женщины, что она чем-то в себе довольна. Однако, как писала Наоми Вульф:

«Нельзя ожидать от верующего поддержки церкви, если он не считает себя грешником, и точно так же от женщины, которая не чувствует себя ущербной, нельзя ожидать траты денег на свой «ремонт и восстановление»[27].

Иногда я слышу о каких-то практиках, вещах или услугах и искренне думаю: хорошо, что мне не нужно. Не «бли-и-и-ин, денег нет попробовать» или «че-е-ерт, времени нет заняться», а именно так: «хорошо, что мне не нужно».

Только вслушайтесь, как здорово звучат фразы: «*У меня все есть*» и «*Мне достаточно*». Какой приятный у них привкус уверенности и устойчивости. Как много внутри рождается благодарности за то, что все важные элементы вашего мира — на месте.

Возможно, эта целостность не видна окружающим («што-о-о-о? у тебя нет детей? квартиры? мужа? стабильной работы? попы как орех?»), но зато *вы* ее ощущаете каждой клеткой.

Ведь даже когда у вас чего-то нет, у вас все равно что-то есть — да хотя бы пространство для маневра: нет дома — есть дорога, нет дороги — есть дом. А если ни дороги, ни дома нет — есть выбор. Хорошо, что не нужно стараться в это поверить. Хорошо, что не нужно, чтобы в это верили другие. Хорошо, что в этом можно просто жить.

«Со мной все в порядке, спасибо»

Насмотришься иногда рекламы — и ходишь под впечатлением: как много из того, что тебя не волнует, представляется делом первостепенной важности, если ты хочешь считаться нормальной женщиной: накраситься, загореть, придать глазам выразительность, накачать губы, убрать целлюлит, раскрыть свою сексуальность, пробудить в себе богиню...

Подобная принудительная «примерка проблем» напоминает мне, как на заре моей юности продавщицы на вещевом рынке выхватывали из толпы покупательницу и прикладывали к ней страшную китайскую кофточку со словами: «Ты только посмотри, как тебе идет! Какой ты становишься в ней красавицей!» Тут противно все — и бесцеремонность вторжения в личное пространство, и «тыканье», и непрошеная оценка, и метод лома.

Что можно делать, если вам пытаются что-либо «продать» — причем не только в сфере услуг, но и просто по жизни под видом «профессиональной» рекомендации или назойливого совета:

отвечать: «Спасибо, я знаю, чего хочу» / «Я уже приняла решение, спасибо». Вы не обязаны ввязываться в small talk, спасать кого-то от скуки, помогать выполнять план продаж или поддерживать чужое чувство значимости. Это не ваша задача;

класть трубку, не дослушивая до конца, если речь идет о продажах по телефону и на той стороне явно не готовы считаться с отсутствием у вас времени и интереса к беседе. Вежливость в данном случае бесполезна и лишь продлит страдания от потока бессмысленной информации;

пользоваться ломающей шаблоны волшебной формулой «Со мной все в порядке, спасибо», благодаря которой можно ввести продавливающую сторону в ступор и выиграть время, чтобы завершить дела и уйти.

Ваше «мне не нужно» — самодостаточно и надежно.

Произнося эту фразу, вы не кокетничаете и не играете в игру «попробуй меня переубедить», не пытаетесь никем манипулировать — а значит, по закону справедливости, имеете право требовать такого же отношения к себе: без насилия над волей.

Случается, мысль «мне не нужно» рождается не из ощущения «у меня все есть», а из установки «мне не нужно, потому что и *так сойдет*». То есть *данный момент не заслуживает большего,* а значит, и вы в нем на это большее не претендуете. У такого отношения к ситуации есть два печальных последствия.

Обесценивание текущего момента. Классический пример — когда женщина в декрете ничего себе не покупает, руководствуясь соображениями «ай, ну лучше ребенка сейчас приоденем — а мне и так сойдет». При этом деньги в семье есть, это не выбор «кофточка или хлеб». Но жизнь в декрете — такая же настоящая, как и вне его. Ваше тело в декрете — такое же настоящее, как и всегда. И люди, которые окружают вас в это время — не хуже, чем были в вашем окружении до рождения ребенка («перед кем в песочнице красоваться — перед мамками, что ли?»). Я не о том, как следует выглядеть в декрете, — это только ваше дело, — а о том, что выход из декрета не стоит воспринимать как выход из «паузы» и старт «настоящей» жизни. Потому что все, что происходит, — все по-настоящему. Ничего не понарошку. Очень важно в это время продолжаться. Не замирать.

А еще **есть риск вообще разучиться разрешать себе то, что не помечено биркой «жизненно важная необходимость».** Сам по себе аскетизм не страшен, но редко ограничивается воздействием лишь на одного человека — потом под его каток попадают и остальные. Начинает казаться, что они хотят слишком многого в то время, как вы соглашаетесь довольствоваться малым. То, что это изначально был только ваш выбор и другие не виноваты, вы, скорее всего, даже не вспомните.

Часто бывает, что приходится защищаться не только от сторонних предложений вас «улучшить», но и отбиваться от внутреннего критика, убеждающего, что за забором трава зеленее, а ты неудачница. В качестве скорой помощи в этой ситуации хочу предложить следующее: прежде чем нападать на себя и выносить вердикт не в свою пользу, *сверяйтесь с контекстом*. Сравнивайте не достижения, а стартовые позиции, условия и обстоятельства жизни — ваши и другого человека.

Истина, на которую мы упорно закрываем глаза: не все в жизни поддается контролю и обусловлено дисциплиной, усердием и силой воли.

Всегда найдется случай, в котором ваше «хочу и стараюсь» будет бито картой банального невезения.

Мы чрезмерно увлекаемся историями о том, как кто-то очень старался — и у него получилось, просто не зная о тех, кто старался не меньше (или гораздо больше), но остался ни с чем.

Изучение ошибок тех, кто потерпел неудачу, зачастую полезнее, чем список «что надо делать, чтобы достигнуть цели» от гуру успешного успеха.

Чужой печальный опыт ценен тем, что позволяет взглянуть на дорожную карту не только для того, чтобы знать, где можно сделать привал, достать питьевой воды, поесть и выспаться, но и чтобы увидеть место, откуда не выбраться — обычно оно помечено красным крестиком неспроста.

В жизни всегда будет то, в чем вы будете терпеть поражения. Не обязательно раз за разом, но иногда — точно, особенно если ресурсов для выполнения задачи недостаточно. Пожалуйста, не считайте себя из-за этого неправильными или ущербными — вы делаете все, что можно, с тем, что есть.

«Джейсон Стэйтем сидит в придорожном кафе и рассказывает про лосося: «Лосось — стремительный, сильный и неутомимый. Он проплывает тысячи километров. Покоряет пороги и течения. Бороздит отмели и запрыгивает на водопады. Без сна. Без отдыха. В постоянном сражении со стихией. Он преодолевает все преграды, откладывает икру и, совершенно изможденный, дохнет. Так вот, запомни. Ты не лосось»[28].

Первое, что приходит на ум в качестве иллюстрации к этой метафоре, — попытки женщин продолжать работать в первый год декрета. Не тогда, когда это вопрос выживания, а насмотревшись на завораживающие картинки в инстаграме, где женщины без кругов под глазами и без отрыва от грудничка открывают свой бизнес. («Ведь если они могут, то и я могу? Тогда почему ж мне так хочется сдохнуть, а им — нет? Может, я и правда ленивая тупая корова?»)

Эй, вы имеете право проиграть «битву за карьеру» — и вообще в эту битву не ввязываться. Это у оставшихся сейчас война, у вас — пеленки. Они не хуже и не лучше карьеры, они — данный этап жизни. Закончится этот — начнется следующий, это не навсегда. Насыщенная работой и яркими событиями социальная жизнь, параллельная декрету, невозможна без поддержки или потерь, это иллюзия. За кадром всегда остаются посты, которые не опубликовали — фотографии няни, бабушки, частного сада и текст об огромном чувстве вины за пропущенные первые шаги и слова ребенка. Если вам чего-то не показывают, это не означает, что этого нет.

Нам всегда приходится что-то выбирать и от чего-то отказываться. «Нейтрального выбора не бывает. Каждый раз, когда вы что-то выбираете, вы *не выбираете что-то другое*. Поэтому даже наши попытки охватить все (то есть ни от чего не отказаться) имеют свою цену и влекут за собой определенные потери»[29].

О критике

Брене Браун, исследовательница уязвимости, сравнивает смелость проявить себя (написать книгу, рассказать о своей идее, поделиться чувствами) с выходом на арену — вы оказываетесь в центре внимания множества людей, и некоторые из них могут быть настроены к вам недружелюбно и даже враждебно[30]. Выходя в свет софитов, будьте готовы, что реакция зрителей может быть непредсказуема. Однако это не является достойной причиной, чтобы отказаться от жизни в согласии со своими ценностями и убежать за кулисы.

Критика неизбежна. Это часть контракта,
цена за возможность быть собой.

Другое дело, что в большинстве случаев она исходит от людей, сидящих на галерке. То есть не от тех, кто так же, как и вы, бесстрашно выходит на арену, а чьего лица даже не видно из-за яркого света, направленного на вас. Чужие обидные слова могут ранить и задевать, но они исходят от тех, кто не имеет права их высказывать — просто потому, что сами они не выходили на арену, не рисковали быть заметными, и весь их труд — это усесться поудобнее в кресле и запастись попкорном.

Поэтому прежде чем расплакаться от несправедливых замечаний, задайтесь хрестоматийным вопросом: «А судьи кто?» Конструктивна ли критика или это бессмысленная разудалая пальба по привлекательной и уязвимой мишени?

На мой взгляд, мы имеем право не реагировать и не отвечать на критику, если она обесценивает наш труд или нас самих и направлена на то, чтобы укусить, а не улучшить нашу работу. То есть не содержит в себе пользы — только яд.

Когда я работала редактором на LADY.TUT.BY, герои публикаций часто просили отключить комментарии под статьей, чтобы обезопасить себя от чужого негатива. К сожалению, о каком бы потрясающем опыте ни шла речь, обязательно найдется тот, кто выплеснет ушат грязи. И если журналисты уже привыкли к этому — как к нормальному явлению в своей профессии, то обычных людей, рискнувших рассказать о себе, своем увлечении или деле жизни, это шокировало. «Почему люди такие злые?» и «Что я не так сказал?» — спрашивали они меня после выхода интервью. И я отвечала им то же, что сейчас напишу для вас: пожалуйста, не реагируйте на негативные комментарии незнакомцев, вы не обязаны драться с ними за право быть собой. Пусть думают, что хотят, обсуждают и осуждают — никакого отношения к вам это не имеет.

Это нормально: свидетельствовать, что в мире есть вы, что у вас — такие мысли, что вы испытываете такие-то чувства, что ваш опыт — такой, и такое — ваше видение прекрасного. Нормально, если это кому-то не нравится. Нормально, если он выразит свое мнение по этому поводу. Ненормально — считать это мнение приговором и бежать из-за него с арены — в стыде и страхе.

Встречаясь с негативом в свою сторону в социальных сетях, четко разделяйте, где человек выражает свое мнение, а где — задает реальный вопрос, на который можно ответить. Помните: **мнение не требует реакции.** Сравните: «Мда, фигня какая-то, много букв» и «Вы об этом исходя из своего опыта говорите или это абстрактные мысли?».

Если негативное мнение высказывается вам в устной форме (например, по телефону), лучшая реакция в ответ — *молчание.* Дайте человеку высказаться, выплеснуться, побушевать, но, пока не будет задан прямой вопрос, — держите паузу. Можно в этот момент представлять белый шум. Благодаря такой стратегии вам, во-первых, не придется тратить силы на оборону, а во-вторых, по ту сторону трубки в конце концов поймут, что отчитывают взрослого человека и осознают нелепость данного занятия.

К тому же пауза в ответ на устную «критику» (не конструктивные замечания, а именно выплеск негатива) позволяет избежать превращения неприятного разговора в яростную ссору, когда слово за слово — и вот вы уже враги и две недели друг на друга молчите и косо смотрите.

Вы не должны ни перед кем оправдываться за то, что вы делаете, что думаете или что находите привлекательным (и что — нет). Если вы не причиняете никому вреда и действуете в рамках закона, ваш выбор и предпочтения никого не касаются.

Я много лет варюсь в профессиональных областях, где ежедневно приходится сталкиваться с раздражением, провокациями и упреками. Не потому что я или кто-то другой некомпетентны, а потому что это неизбежно в силу специфики работы: журналистика, писательство, пиар — это сферы, живущие за счет субъективности и конфликтов. Здесь всегда есть «художник» и «зритель», тот, кто на «сцене», и тот, кто в «зале». Поэтому важно четко себе объяснить, что ваша ценность как человека не зависит от того, кто что увидел в вашем романе, статье или проекте.

Вы не должны отвечать за чужие проекции, за то, какие струны души в человеке задеваете, каких демонов тревожите. Это — его зона ответственности, и если он принесет вам под видом «заслуженной критики» свое дурное настроение, желчь, сточные воды подсознания и «отравленное печенье» — выбрасывайте такие «подарки» в мусорку, не распаковывая.

Цените приятные слова о своей работе от других. Не отмахивайтесь от них, как от случайных. Ведь как часто бывает: мы пропускаем мимо ушей сто положительных отзывов и концентрируемся на одном разгромном, будто только он имеет вес, а остальные — ложь и лесть. *Это не так.*

Поскольку под «честностью» нередко понимается разоблачение, негативные отзывы воспринимаются именно в таком ключе — как «настоящие», правильные, открывающие глаза на неприглядную правду.

Но есть люди, которые *в принципе* плохо переживают чужой успех и поэтому стараются схватить другого за ногу и утянуть к себе на дно. Не ведитесь на это. Не вы выбирали за другого быть незаметным — не вам за его страхи и отвечать.

Уважайте свое стремление к подлинности, свое желание проявиться, взять в руки микрофон.

Это когда вы переживаете, волнуетесь, боретесь с приступом тошноты и ватными ногами — но все-таки дерзаете заявить: *я есть, я здесь* и *умею вот это*.

Миллионные фан-клубы начинаются с того, что их кумир однажды решается выйти на сцену. Как писал Дмитрий Чернышев: «Ваша ценность прежде всего в вашей уникальности. Есть хорошая хасидская история про раввина Зусю. Перед смертью Зуся сказал: «В ином мире меня не спросят: "Почему ты не был Моисеем?" Меня спросят: "Почему ты не был Зусей?"»[31].

А еще — и этот урок преподал мне мой сад — хорошее порой начинается с чужих какашек. Под забором иногда появляются ростки редких деревьев, кустов и цветов, которые вы точно туда не сажали — их семена где-то съели птицы и присели на ваш забор справить нужду. Если развернуть эту метафору на сферу работы, получится отличная иллюстрация поговорки «собаки лают, караван идет»: продолжайте делать то, что делаете, несмотря на нападки и критику со стороны. Злобные комментарии в итоге станут удобрением для вашей популярности: пока вам перемывают кости — ваше имя на слуху, а противоречивость отзывов о вашем творчестве лишь подстегивает многих познакомиться с ним ближе, чтобы составить собственное мнение.

Про зону комфорта

Всегда, когда встречаю радостный призыв «выйти из зоны комфорта», вспоминаю картинку с одиноким космонавтом в небе на фоне планеты Земля и вопросом: «Так достаточно?» Космонавт как бы говорит: «Можно мне уже расслабиться и просто жить, или выход в открытый космос — это недостаточно серьезное расстояние от привычного и нужно лучше стараться?»

Я совершенно не удивилась, встретив в книге психотерапевта Екатерины Сигитовой следующее: «Зона комфорта — термин, изначально созданный для организаций и бизнеса и растиражированный всякими гуру как удобный инструмент мотивации людей через вину и стыд. К личному развитию он отношения не имеет, в том числе потому, что многие люди в зоне комфорта изначально не находятся. Им, наоборот, надо сначала в нее попасть, чтобы у них появились пространство и силы для прогресса»[32].

И действительно: оказывается, это понятие ввела американский консультант по управлению персоналом Джудит М. Бардвик в книге «Опасность в зоне комфорта»[33]. По мнению автора, когда работник находится в зоне комфорта, он работает хуже, что совершенно не выгодно работодателю. Его цель — выжать из подчиненных максимум, а значит, надо создавать им такие условия, которые будут их из этой зоны комфорта выбивать. «Речь идет о взгляде руководителя на своих подчиненных, которых он воспринимает как ресурс, позволяющий ему зарабатывать больше денег. То есть речь идет об очень конкретной ситуации и конкретном взгляде на нее. Но причем тут жизнь конкретного человека? Почему ему обязательно надо выходить из зоны комфорта? Почему в зоне комфорта плохо? Нет ответа. Потому что, если отвечать, окажется, что к жизни конкретного человека это понятие просто неприменимо»[34].

Нежность к себе — это соглашаться пробовать «новое и увлекательное» только тогда, когда вы действительно этого хотите, а не потому, что все кругом уже это сделали и запостили фотографии в инстаграм. Знаменитый мамин вопрос в детстве: «А если все с крыши прыгнут, ты тоже прыгнешь?» — во взрослой жизни удивительным образом приобретает новое звучание. И здравый смысл.

Нормально — не хотеть учиться кататься на сноуборде, лезть в горы или заниматься йогой и не воспринимать свою жизнь как болото, если в ней нет места MBA и дайвингу с дельфинами. Нормально — не любить путешествовать, не иметь шенген и вообще не выбираться никуда дальше соседнего города. Если ритм, накал страстей и объем впечатлений вашей жизни вам комфортен, а запрос на перемены отсутствует, чужие предложения что-то изменить, встряхнуть вас или «показать иные краски бытия» как минимум бестактны.

Может возникнуть резонный вопрос: так что, нежность к себе вообще отрицает любые усилия по изменению жизни? «Неужели все что она может предложить, — это оставаться там, где сидишь, и довольствоваться имеющимся?» Совсем нет. Однако попробуйте вместо притянутого за уши из бизнес-литературы понятия «зоны комфорта» взять на вооружение концепцию Л. С. Выготского *о зоне ближайшего развития.* Ее суть — в действиях, которые человек может делать с подстраховкой другого, более опытного человека, пока не освоит их сам и помощь ему больше не будет нужна.

Так мы учимся ходить или ездить на велосипеде — сначала с поддержкой взрослых, потом одни.

Обучаясь вождению, мы следуем указаниям сидящего рядом инструктора. Приходя в компанию на стажировку, мы выполняем работу под наблюдением куратора, постоянно получая от него обратную связь.

В зоне ближайшего развития мы усваиваем новое без надрыва, хорошо видим свой прогресс, а ошибки нас не ломают и не отбивают желание продолжать учиться. Постепенно мы все увереннее чувствуем себя в том, что делаем, — и все это без стресса, страха и паники. Зона ближайшего развития лучше зоны комфорта по следующим причинам:

во-первых, если из зоны комфорта вам просто предлагается выйти и все, то зона ближайшего развития предлагает определить, что из того, что у вас не получается, вы можете сделать при подстраховке другого человека, вместо того чтобы сидеть с круглыми от ужаса глазами и дышать в бумажный пакет;

во-вторых, обучаясь в зоне ближайшего развития, вы отмеряете себе правильную нагрузку — посильную, вызывающую приятную усталость. Если становится слишком трудно или не получается чаще, чем получается, значит, вы вышли из зоны ближайшего развития в зону развития дальнего, куда вам заходить еще рано. Вернитесь на несколько лестничных пролетов назад и продолжайте подниматься ступенька за ступенькой, не требуя от себя невозможного.

Вообще я верю, что если и выходить из зоны комфорта, то только в зону максимального комфорта. Потому что только из состояния «блин, как же хорошо» можно работать, любить и творить в полную силу. Когда несет волной, происходят чудеса синхронии, и вы еще не успели о чем-то подумать — а вот уже и ответ подоспел.

Мне кажется, мы так редко бываем в таком состоянии, что, когда оно случается, просто пугаемся новизны ощущений и на авансцену выходит установка «что-то слишком хорошо, так не бывает, сейчас точно что-то случится» (вариация знаменитого «много смеешься — плакать будешь»). Однако «после этого» — не всегда значит «вследствие этого», поэтому связка дурацких последующих событий со счастьем накануне как минимум некорректна. Быть нежной к себе — значит бережно останавливать себя в этом страхе и не позволять загонять вас в него. Плохо бывает не потому, что до этого было хорошо, а потому что плохо бывает *в принципе.* (И наоборот — если после черной полосы начинается белая, то это не потому, что вы ее «отмолили» слезами или каким-то иным образом выторговали у судьбы. Просто хорошее тоже происходит непредсказуемо.)

Отпуск по уходу за собой

Моя подруга Оля, востребованный редактор с многолетним стажем, не так давно решила уволиться. На обеспокоенные вопросы коллег: «И что теперь? Куда ты уходишь?», она отвечала: *«В отпуск по уходу за собой»*. Как же мне понравилась эта формулировка!

С Олиного разрешения приведу ее рассказ об этом.

«Отпуск по уходу за собой случился не внезапно, я к нему шла два года. Сначала это были неясные позывы внутри (с психосоматикой, бунтами и сопротивлением пространства — когда тебя будто выталкивает откуда-то или куда-то не пускает — через обстоятельства, события, людей), которые постепенно оформились в осознание, что я живая, но не живу. Я 16 лет самореализовывалась как функция, и ни разу — как девочка Оля среднего роста с серыми глазами, которая интроверт, любит латте в стаканчике на ходу, не умеет носить платья и мечтает играть на пианино.

Отпуск по уходу за собой похож на отпуск по уходу за ребенком, только ребенок здесь — я сама.

Я начала слушать свои желания (среди которых не оказалось, например, спасти мир и заработать миллион с перепугу). Начала говорить «нет», если чувствую, что хочу сказать «нет», — без оглядки на то, что подумают и скажут другие.

Теперь я не ищу себя непонятно где, а бережно и внимательно взаимодействую с собой существующей — несовершенной, уязвимой, разной. Живу в свое удовольствие — и это не про эгоизм, а про психологическое здоровье и счастье. Практикую простые радости, занимаюсь творчеством и всем, что дает ресурс (учеба на садовника, музыкальная школа с нуля, выпечка хлеба, работа с метафорическими картами, выращивание деревьев из семян, шитье медведей и штор в дом, психотерапия, полноценный сон). И наконец-то только сейчас поняла, что означает «войти в зону комфорта».

Безусловно, этот отпуск во многом стал возможен благодаря тому, что мои крылья растут не только из моей спины. Важным моментом для меня было внутренне принять свою зависимость от мужа. Основательно проработав детские травмы и страхи (а это было больно), я осознала, что зависеть от достойного человека, которого ты любишь и уважаешь, не страшно. Теперь я позволяю ему заботиться о себе (и муж признается, что ему это в радость), а вместе с ним и всему миру — и это тоже важная часть самозаботы.

Мой внутренний воин отправлен в Вальгаллу[35]*. Я теперь живу, а не сражаюсь, делаю первые шаги по женскому пути, не практикую достигаторство и гонку за результатом — сценарий девочки, которой не дали чувство безопасности и сказали быть* *сильной, чтобы выжить. Кажется, я впервые в жизни действительно в порядке».*

Вот вам непрошеный совет человека, знающего, что такое начинать с нуля и один раз — с минус бесконечность: если вам нужно заново отстроить систему координат после потрясения, то начните в кои-то веки не с привычного поиска своих недостатков, а с поиска того, в чем ваша сила.

Причину провала всегда можно придумать — подобрать, как секретный шифр, выбрать ту, с которой будет плакаться слаще. Носиться с ней потом, как с писаной торбой, тыкать другим в лицо, оправдываясь, объясняя. Но иногда нужно набраться мужества и просто признать: есть время гнаться-нестись-бежать, копаться в себе, держать хвост трубой и нос по ветру — и есть время сойти с дистанции и стоять жрать малину у дороги. Прожить свою непобеду. Отпустить медаль.

Целительное в этом то, что, достигая дна, заканчиваясь, истощаясь, мы заново обретаем себя как данность, но не тоскливую и непонятную в своей сложности, а чуткую и живую. Нам снова становится интересно быть собой. Мы начинаем учиться себя слышать. Замечать дискомфорт и отслеживать сигналы «мне неприятно». Не гасить их усилием воли, не закрывать глаза, а наоборот — доставать эти ощущения на свет и разбираться с их источником.

Кризис наступает тогда, когда набирается критическая масса тихого, не проговариваемого вслух недовольства и камушков в ботинке становится так много, что вы уже просто не можете всунуть в него ногу. И тогда небольшое решаемое «что-то не нравится» очень быстро превращается в «ненавижу категорически все».

Поэтому вот вам еще один непрошеный совет: чтобы были силы справляться с серьезными вызовами, разрешайте себе со спокойной душой отказываться от чемоданов без ручки — занятий, к которым у вас не лежит душа.

Бывает, мы чем-то увлекаемся, горим, не спим ночами, тренируемся до потери пульса, а потом пыл угасает и появляются звоночки, что пора или сбавить темп, или вообще остановиться. Звоночки разные — от легкого подзынькивания на ветру (и мы пеняем на лень, плохую погоду, отсутствие дисциплины) до хороших таких ударов колокола, когда что-то ломается в теле, начинает не переставая болеть, но каким-то странным образом воспринимается не как достойный повод прекратить, а как вызов. Препятствие, которое нужно преодолеть. Еще одна благородная возможность доказать себе, что ты можешь себя заставить и твое «не хочу» не имеет ни оснований, ни ценности.

Ходить на фитнес, который достает из вас душу, или продолжать изучать испанский язык, хотя он уже давно не интересен, — это не про укрепление силы воли, а про жестокое обращение с собой. О том же — «отработка» через «не хочу» полугодового абонемента в бассейн или попытка с восьмого захода одолеть толстенный роман, мировой бестселлер, от которого вас тошнит, но вы пообещали кому-то прочесть и поделиться потом впечатлениями.

Простите себя за «несовершенство» и «непоследовательность», отпустите иллюзию всемогущества, признайте, что у вас не сто рук и только одна жизнь — и выберите себя вместо подвига.

Усилия без насилия

Расскажу еще одну историю — на этот раз уже собственную: о том, как я поняла, что не надо ломать себя. На примере моей «борьбы за женственность». Точнее, на примере того, как я от этой борьбы отказалась (и мир не рухнул). Это был важный урок принятия себя и своих условных «ограничений», которые на поверку оказались не кандалами на ногах, а источником силы.

Тема женственности сегодня активно эксплуатируется. Есть множество книг о том, как с ее помощью поправить семейный достаток, привлечь мужчину мечты и стать его музой-вдохновительницей, к ногам которой он принесет и положит весь мир. Но женственность — это не результат ношения юбок в пол и умения эффектно хлопать ресницами. Не нечто, что нужно в себе «раскрывать», изо всех сил пытаясь пробудить внутреннюю «богиню». Женственность — это всего лишь слово.

Однажды, много лет назад, я обнаружила себя ревущей на сессиях у психолога с запросом «сделайте из меня девочку, пожалуйста, я больше так не могу». «Так» — значит во всем и всегда полагаться только на себя, разочаровываться со старта, тяготеть к стилю милитари в одежде, обладать военной дисциплиной, зашкаливающим трудоголизмом и такой толщины бронями, что не знаю, как я не звенела в аэропортах.

Я чувствовала себя тотально неправильной и кривой, перекошенной на все стороны. Мне казалось, что я хочу не того, что должны хотеть девочки в моем возрасте. И, возможно, мамины вздохи о том, что в двадцать семь нужно думать о семье, а не паковать в рюкзак берцы, камуфляжные штаны и уезжать в ночь за цыганской звездой кочевой в украинские пещеры, имели под собой основания.

В глубине души я понимала, что хочу встретить мужчину сильного и смелого, с твердым характером и холодной головой. Но еще я осознавала и то, что обычно вокруг таких вьются нежные и сладкие кошечки, а я скорее женщина-лошадь, и ничего красивого, слабого и беззащитного в этом нет.

Я ходила на свидания, надевая свои лучшие платья, но уже на пятой минуте понимала: не то, не тот, и я ему тоже не нравлюсь. Встретиться на кофе, поговорить о работе — да, но не больше. Ни с одним из них я не чувствовала, что нашла свой дом.

Упертости мне было не занимать: я только тщательнее выбирала наряды, еще аккуратнее рисовала стрелки и подводила глаза, читала книги о раскрытии женственности, рекомендованные психологом, работала над «внутренней богиней» и... по-прежнему оставалась Джейн. Я не могла вытравить из себя солдата. Я честно пыталась себя сломать, но становилась только еще более помятой и гнутой.

И когда очередной мужчина сказал мне: «Ты такая офигенная, но давай *останемся друзьями*», я плюнула и забила. Силы притворяться закончились: я разозлилась.

А в хорошем качественном отчаянии можно найти огромные ресурсы для прорыва.

Я сказала себе: катись оно все конем (там другое слово было вместо «катись») — вся эта женственность, платья, тоска по «настоящей любви» и все «богини» этого мира вместе взятые. Гори оно все огнем — я больше не хочу ломать себя, жалеть о том, что все умею и могу сама, и плакать темными ночами от безысходности. Нет, правда, я решила: с этого момента и впредь не буду бороться со своими «демонами» — я напеку им печенья, возьму за руку и стану плечом к плечу на одной стороне. Они, по крайней мере, знают толк в хороших вечеринках и алкоголе.

Я поняла, что у меня на самом деле не мужской характер, а *бойцовский*, а это разница, которая в корне меняет подход к проблеме. У меня все было в порядке с гендером. У меня вообще все было в порядке. Не надо ломать то, что работает. Все, что в нас есть, выполняет определенные функции по защите внутренней системы от краха. Если я чувствую себя солдатом — значит, сейчас я солдат. И это именно то, что нужно мне в данный момент. Когда наступит мир, я не задумываясь переплавлю гильзы на красивые пуговицы и пойду по земле босиком, ничего не боясь и совершенно не тяготясь своей силой.

Есть время следовать и есть время вести за собой. Никто не подскажет, как лучше, и никто не знает, как надо. Все случается естественно и тогда, когда приходит его черед. Поэтому я выбросила книжки, предписывавшие мне быть ведомой, чтобы стать счастливой, остановила психотерапию, купила еще одну военную ветровку и сделала себе сувенирный армейский жетон с надписью «*Discipline makes you free*». Вернула себе право быть неудобной и волевой, никогда не извиняться за шум от своих доспехов; просить много, уходить быстро, не давать вторых шансов там, где уже с первой минуты понятно, что человек — дрянь.

Я открыла в себе такой заряд силы и жизнестойкости, о котором можно было только мечтать. И вдруг поняла — я *уже* целая и сильная: никакая другая *половинка* не сделает меня лучше. Мне вообще не страшно быть одной. Мне есть чем заняться. У меня есть я.

Сильная женщина плачет не у окна,
а глядя в кривое зеркало.

Пока вы не научитесь быть искренними в том, кто вы и чем *не* являетесь, пока не начнете ценить и беречь свою непохожесть, вам будет сложно и другому человеку разрешить быть любым, вместо того чтобы стремиться его переделать.

Быть сведенной к одному «правильному» образу, без возможности выбирать и ошибаться, — невероятно тяжкое бремя. Очередная хорошая новость: мы на зависть гибкие и пластичные, и, если нам придавило хвост, мы, как ящерицы, можем рискнуть его отбросить. Меняться — нормально. Менять оптику, через которую мы смотрим на мир, — не стыдно.

Вырастать из тесного мировоззрения —
захватывающе интересно.

Мы можем пробовать разные подходы, примеряться к различным системам идей. Входить в реки нового по колено или по щиколотку — а потом либо нырять с головой, либо с визгом выскакивать из воды и искать другое место, где искупаться. Никто не имеет права запретить нам самим выбирать, из каких ключей пить, равно как и бросать нас в воду, чтобы «научить плавать». Это не научит нас плавать — это научит нас бояться, не доверять и на пушечный выстрел обходить любую воду в будущем, даже если жажда будет нестерпимой.

Не люблю и не хочу — это важно

Часто бывает сложно понять, чего хочется. Ну вот не вырисовывается картинка, не приобретает ясные черты. И тогда на помощь приходит принцип Микеланджело — «бери кусок мрамора и отсекай лишнее».

Осознать, что является «лишним» в вашей системе координат, что вы не любите, от чего вас не прет — не менее благодарная работа для знакомства с собой, чем постановка целей и составление списка желаний.

В этом контексте мне вспоминается период моей жизни, когда я ходила на свидания после развода. Я, может, и не имела ясного представления, кого хочу встретить (кто он, мой мистер Биг), но зато после каждого неудачного свидания еще лучше понимала, кого точно *не хочу*, какие качества меня отталкивают и отсутствие чего мне сложно простить.

Похожее происходит, когда вы меняете работу. Увольняясь, вы точно знаете почему, а значит, на собеседование в новую компанию приходите с вопросами, ответы на которые для вас важны, чтобы не повторить предыдущий опыт (возможно, печальный). Такие переговоры — это взаимное тестирование на адекватность, а не только экзамен на профпригодность со стороны потенциального работодателя.

Итак, чтобы разобраться, чего вы хотите (от себя, от людей, от работы и жизни в целом), напишите список того, что вас бесит (в себе, людях, в работе и жизни в целом). Не сдерживайте себя, нойте по полной. Возможно, именно через этот выплеск наболевшего у вас получится обрести определенность и утвердить свою картину мира по принципу «от противного». Даже если вы по-прежнему не будете знать, куда вам двигаться, вы будете ясно понимать, куда точно не нужно. От чего и от кого лучше держаться подальше, чтобы не было как в бородатой шутке: «Мыши плакали и кололись, но продолжали жрать кактус».

Памятка нежности к себе

1 Примите и простите себя, если не хочется «выше, быстрее, сильнее, больше». С этого момента сами выбирайте, частью чего вам быть и во что верить.

2 Не бойтесь менять взгляды на жизнь, если они больше не отражают того, кто вы. Идеи служат времени, в которое они появились. Винтаж необычайно красив по случаям, но как повседневная одежда — непрактичен.

3 Слыша «надо», спрашивайте: «кому?». Формула «надо — значит надо» — про приказы, а не свободный выбор. Даже в контексте дисциплины она может сбоить: если дисциплина превращается в насилие над собой, то возникает вопрос: для кого вы это делаете на самом деле? Для галочки в чьем проверочном листе? Для похвалы и одобрения от кого? Для защиты от чьей атаки?

4 Не отмахивайтесь от историй о том, как «не получилось». Они могут служить ценными картами с красными крестиками, способными уберечь от блужданий по опасным и тупиковым дорогам.

5 Верьте в то, что вы лучше кого бы то ни было знаете, что нужно именно вам. Другие могут подсказывать, направлять, увлекать перспективой — но они не могут стать вами, чтобы жить с последствиями выбора, к которому склоняют.

6 Если вам что-то не нравится, расценивайте это как пункты, соединив которые можно лучше понять свои границы. Как важные элементы своей идентичности.

7 Празднуйте непохожесть других. Чем меньше в вас будет желания привлечь их на свою сторону, тем больше будет легкости в ваших действиях и меньше зависимости от чужой реакции. Помните: вы не отвечаете за то, какой осадок поднимается со дна души тех, кого вы встряхнули своей смелостью.

8 Не ешьте «отравленное печенье»: вы имеете право без угрызений совести банить всех, кто пытается вас укусить или облить грязью. Удаляйте их комментарии без размышлений о том, насколько это противоречит их праву на «свободу слова». Есть мнение — выстрел в воздух, а есть мнение — выстрел в вас. Хотите быть живыми — не впускайте в свое пространство людей с оружием.

бессонница побеждает, когда больше не снятся ни падение, ни полет.
вылезала из шкуры, притворялась неуязвимой и вот же — стала.
но, говорят, иногда и металл устает;
боюсь, я не сильнее металла.

Ксения Желудова

нежность

седьмая.

тело

Я часто говорю о том, как важно «совпадать с собой по краям» — то есть быть тождественными своим представлениям о себе и ощущать себя комфортно в собственном теле. Это когда смотришь на себя в зеркало — и понимаешь, что не вываливаешься из своего образа, не лезешь из кожи вон, чтобы что-то спрятать или замаскировать.

Когда вы совпадаете с собой по краям, в вас нет тайного страха, что вас разоблачат, выведут на чистую воду, узнают, что под слоем косметики и одеждой вы другая, «неправильная», вы «хуже». Вы нравитесь себе накрашенной, но и перспектива появиться на публике без макияжа вас не пугает. Потому что внешнее отражает то, что внутри, но не заменяет его; является продолжением последнего, но не его началом. И ваш внешний образ — это то, как вы выбираете преподносить себя миру, но далеко не все, что вы можете рассказать ему о себе.

О принятии себя

Тело воплощает собой историю нашей жизни, рассказывает ее символами, понятными каждому, кто любит читать письма времени сеткой тонких морщинок, вязью вен на руках, выпирающими костяшками пальцев.

Сегодня много говорят о том, как важно принимать себя. О том, как здорово, если вы можете сказать: «Я принимаю себя любой». Я даже немного завидую тем, кому помогают слова принятия.

Потому что со мной это не работает — если мне некомфортно в теле, если я ощущаю его тяжелым, неповоротливым, «не моим», то для меня бессмысленно закрывать на это глаза и убеждать себя в обратном. Я принимаю как данность то, что обусловлено генетикой, возрастом и пережитым телесным опытом (беременностью, родами, болезнями, травмами), но не принимаю то, какой я становлюсь из-за неаккуратного обращения с собой. Например, когда ем больше, чем нужно, руководствуясь не сигналами тела, а привычкой.

Если позитивный аутотренинг для вас тоже не работает, добро пожаловать в клуб людей, у которых с телом не идиллия и гармония, а тонкий, но изо всех сил поддерживаемый мир. Нежность к себе в данном случае — признать, что вам не все равно, как вы выглядите. Что иногда вы все-таки кривитесь у зеркала по поводу «тут отвисло, тут опухло» и иронизируете над собой.

Признайте и уделите внимание этой теме. Исследуйте ее. Выслушайте свою боль. Недовольство телом похоже на жрущую огромное количество оперативной памяти программу, которая работает в фоновом режиме, но мешает другим.

Именно поэтому важно не пытаться себе внушить, что вы себя любите и принимаете, если в действительности это не так, а честно себе признаться:

«Слушай, мне кажется, у нас проблемы.
Давай разберемся, пока они не стали больше, чем мы?»

А дальше — рутинная, скучная, но такая благодарная работа: наводить порядок в голове и сердце, очищая пространство для ясности и любви. «Что мне в себе не нравится? Почему я считаю это некрасивым? Когда ко мне пришла эта мысль? Кто в меня впервые ее заронил? Почему я поверила? Что я делаю (или не делаю), чтобы что-то изменить? К кому я могу обратиться за помощью и поддержкой?»

Принимать себя — это спокойно относиться к переменам в теле, без желания законсервироваться в одном, якобы идеальном, состоянии. Это вера в то, что тело хорошо справляется и без нашего неусыпного контроля, адаптируясь, меняясь и чутко подстраиваясь под все, что с нами происходит.

Тело — это союзник и защитник,
а не враг и слетевший с катушек клоун.

С телом всегда можно договориться, если давать себе время, если вообще с ним считаться, а не замораживать себя в конкретной точке бытия.

Мир с телом пусть и не означает полное принятие, но уже хотя бы не является войной — с ее пищевым насилием и тренировками на пределе возможностей. Остается лишь некоторое недовольство собой — но вы предусмотрительно ищете способы разрядить напряжение до того, как ружье на стене выстрелит.

Меня в свое время поразила одна простая истина: часто для того, чтобы ощущать себя хорошо, нужно не *делать* что-то, а наоборот — *не делать*. Да хотя бы останавливаться, когда тело говорит «достаточно» (а оно всегда сигнализирует об этом, мы просто не хотим его слушать — потому что у нас цель, план или полная тарелка).

Тогда и получается: «Что ты делаешь, чтобы так хорошо выглядеть?» — «А ничего не делаю. Не делаю ничего, что меня разрушает». *«Если бегать по утрам, день сложится отлично, потому что ничего хуже, чем бег на 10 километров с утра, с вами уже не случится»*[36].)

Нежность к себе не подразумевает жестких методов — тренировок через «не могу», еду через «не вкусно», движения через боль, деления продуктов на «хорошие» и «плохие». Сложно быть нежными к себе, если вас до краев наполняет чувство вины за то, что вы «стараетесь недостаточно» — не укрепляете силу воли и избегаете мучений. За то, что недожимаете, недотягиваете, не добиваете (себя). Убеждение, что страдание — обязательное условие совершенства, без боли нет цели и вообще «убей в себе слабака, тяни носок» — больше подойдет для профессионального спорта, где за страдания платят, чем для жизни человека, который просто хочет нравиться себе в зеркале.

Это нормально — питаться и тренироваться по кем-то составленному для вас плану. (Для многих состояние подчинения, подконтрольности, отчетности перед кем-либо — отлично работающий инструмент изменений.) И нормально — заниматься самостоятельно, без боли, рекордов и подвигов, пробовать разное, бросать, когда теряется интерес и желание, и снова пробовать новое — или не искать ничего.

Я верю, что избегать усложнения в простых вещах (а что может быть проще, чем есть и двигаться) — разумно. Однако вы имеете полное право тренироваться, питаться и обращаться со своим телом по-другому. Потому что это ваше тело и ваша жизнь.

Простые способы позаботиться о своем теле

Сверяйтесь с уровнем имеющейся энергии, прежде чем согласиться взяться за новое дело, вызваться кому-то помочь или принять участие в заманчивой инициативе. Помните — всегда можно взять время подумать и провести ревизию сил.

Носите комфортную одежду — которая не давит, не раздражает кожу, приятна на ощупь. Выбирая утром, что надеть, отталкивайтесь от того, что вы хотите сегодня *чувствовать* — мягкость, тепло, уют, сексуальные вибрации или глухую броню черного цвета?

Наведите порядок в шкафу. Подарите, продайте или раздайте все, в чем вашему телу тоскливо, что его сковывает, пережимает, не дает дышать. Клетки кожи умеют обновляться самостоятельно, а одежда нет. Но поскольку одежда в некотором смысле — это «вторая кожа», следите за гигиеной гардероба. Избавляйтесь от вещей, которые вам не подходят по размеру.

Это вредная практика: хранить в шкафу образы прошлой себя.

Тем самым вы как будто не разрешаете себе быть той, кто вы сейчас, обесцениваете свое настоящее. Вещи это всего лишь вещи, даже самые красивые и дорогие. Они создавались, чтобы работать, а не висеть на плечиках, а вы — чтобы праздновать жизнь, а не ждать, пока станете для нее достаточно худой.

Не делайте себе плохо. Речь идет о мелких нездоровых выборах, последствия от которых похожи на удар мизинцем о дверной косяк — не смертельно, но неприятно. В большинстве случаев мы прекрасно осознаем, что для нашего тела вредно и после чего ему нужно время, чтобы восстановиться. Оно недвусмысленно сигнализирует об этом головной болью, тошнотой, аллергией, изжогой, болью, отеками, расстройством желудка. Механизм защиты работает как часы, осечек не бывает.

Как человек, привыкший выпивать по 5–6 чашек кофе в день, причем даже не для того, чтобы взбодриться, а чтобы согреться, я не понимала людей, которые пьют его только утром. Но, начав работу над книгой, я столкнулась с жуткой бессонницей длиной в несколько месяцев. Было обидно, потому что, когда много и монотонно работаешь, надеешься все-таки иногда спать, — ну, ради развлечения. Я перепробовала кучу снотворных и сонных трав, но они только делали голову тяжелой и забивали мозг ватой. А потом муж спросил: «Слушай, а сколько чашек кофе в день ты пьешь?» В этот момент мне захотелось его стукнуть лопаткой, потому что кофе я пью литрами всю последнюю жизнь и у моей бессонницы наверняка есть причина посерьезней.

Думаю, я просто забыла, что мне не восемнадцать («и даже не двадцать восемь» — непременно добавил бы шепотом муж). В тот день, когда турка закипела всего один раз, я спала, как луковичка тюльпанов зимой: беспробудно и безмятежно.

Не разрешайте другим навязывать вам свою волю. Не доедайте все на тарелке, если не хотите. Не ведитесь на уговоры выпить, чтобы «поддержать компанию». Не угощайтесь «ну хоть кусочком» фирменного хозяйского торта, если не любите сладкое. Идите спать раньше, чем все, и не обращайте внимания на шутки про «детское время». Не стесняйтесь спросить, нет ли в приготовленных для вас блюдах продуктов, которые вы не едите или на которые у вас аллергия. Не разрешайте обсуждать и тем более осуждать ваши привычки в питании — сколько вы едите, что, как часто и почему. Это только ваше дело и ваша зона ответственности.

Уважайте ритм своего тела. От того, что вы будете себя подгонять, работа быстрее не сделается. Очень здорово об этом сказала Энн Броуд: «Ускорение любого дела — значит добавление еще одного дела. Вы не только режете овощи — вы режете овощи и спешите. Вы не только собираете чемодан — вы собираете чемодан и делаете это быстро. Вы не только разгребаете снег — вы разгребаете снег и торопитесь. На самом деле вы не делаете больше, вы просто добавляете напряжение и стресс и еще сильнее закрепляете привычку к ускорению»[37].

Ваше тело хорошо чувствует, когда живет в несвойственном ему ритме — намного быстрее или медленнее привычного. Часто такое состояние бывает продиктовано обстоятельствами, когда наваливаются тысячи дел, телефон разрывается от звонков, а деловые встречи не заканчиваются. Через это нужно просто пройти и потом вспоминать как изматывающее, но увлекательное приключение.

Но если вы все чаще расстраиваетесь, потому что не помните, какой сегодня день и что вы делали вчера, скорее всего, ваш ресурс памяти сожрала суета — и это верный знак, что пора сбавить обороты.

Вы можете разрешить себе остановиться. Вообще ничего не делать. Не торопиться. Стать тишиной. Только естественный ритм сердца и ритм дыхания. Без сумасшедших заведенных метрономов большого мира.

Исследуйте свои телесные привычки. Перебирая снимки, где вы в детском саду, школе, университете или на последнем корпоративе, увидьте себя будто впервые. Обратите внимание на выражение глаз, позу, манеру улыбаться и размещать себя в пространстве. На групповых фотографиях вы прячетесь за кого-то или всегда в первом ряду? Есть ли у вас обыкновение склонять голову на бок, поворачиваться либо вставать на цыпочки, чтобы казаться стройнее? Фотографируясь с кем-то, вы приобнимаете его, словно ища поддержки, или берете под руку, будто заявляя свои права?

Это поможет понять, как вы ведете себя на уровне тела в той или иной ситуации: когда — зажимаетесь, искусственно замираете, а когда — излучаете уверенность и покой. В закрепившихся телесных привычках нет ничего плохого, но это хороший материал для анализа: почему привычка возникла? Вам с ней комфортно? Возникает желание ее изменить или для вас она источник безопасности и защиты?

Благодаря осознанному вниманию к таким деталям вы будете чаще замечать ненужное мышечное напряжение в обычной жизни — когда ведете машину, сидите за компьютером, готовите ужин. Замечать и мягко возвращать себя в настоящий момент, расслабляя плечи и разжимая челюсти.

Говорите о нарушении своих физических границ, не терпите дискомфорт. Отстраняйтесь, если к вам подошли слишком близко, без разрешения трогают за волосы, обнимают за талию, крутят пуговицу на одежде или теребят украшение. Мы все очень разные: кто-то обожает телесный контакт, кто-то соблюдает social distancing даже вне карантина. Просто улыбнитесь и мягко укажите на то, что вам не нравится. Если боитесь показаться невежливыми, можно добавить: «Прости, пожалуйста, но у меня на это пунктик».

Исследуйте мир через разные каналы восприятия. Бывает, что из-за усталости, перегрузок или эмоциональной холодности окружающих чувствительность притупляется. Ничего не радует, не трогает, не удивляет и не вызывает интерес. И в общем-то совершенно все равно, как выглядит еда на тарелке, что на вас надето, на каких простынях вы спите и удобен ли рабочий стул. Если речь не идет о депрессивном расстройстве, требующем обращения к специалисту, можно попробовать восстановить чувствительность самостоятельно с помощью следующего упражнения.

Выберите один из каналов восприятия (зрение, слух, обоняние, осязание, вкус) и проживите день, сконцентрировавшись на том, что приходит именно по нему. Скажем, в день зрения обращайте внимание на цвет, форму, узор, прозрачность, насыщенность, оттенки, необычные сочетания. Отмечайте свою реакцию на них, проговаривайте ее. Не надо связного текста — достаточно краткой фразы или даже слова:

«раздражает», «привлекает», «красиво», «непонятно», «хочется потрогать».

Через пять дней у вас будет собственная копилка приятных вам запахов, звуков, цветов, форм, фактур и вкусов. Идите к ним навстречу, притягивайте к себе поближе. Все это будет делать вашу жизнь эмоционально богаче, а вас — устойчивее и сильнее.

Ходите в баню в дружной компании. Посещайте общественные бани. Самое крутое в этом — возможность видеть реальные тела, неотфотошопленные, неидеальные, разных комплекций и возрастов. (И снова вспоминается Наоми Вульф: «Современные читательницы понятия не имеют о том, как в действительности выглядит на фото лицо 60-летней женщины, потому что на журнальных страницах она выглядит не старше 45 лет»[38].) Подобный опыт учит видеть, как время, проходя через нас, оставляет следы, — и праздновать это. Не бояться непохожести, разности, естественности, не отворачиваться от неотретушированной красоты.

Принимая решение, советуйтесь с телом. Существует один хороший метод опоры на телесные ощущения, когда нужно принять решение, но вы не знаете, насколько оно для вас верно.

В этом случае мысленно решите, *что именно* вы сделаете (например, если вы сомневаетесь, увольняться или нет, скажите себе: решено — увольняюсь). Решите твердо, безоговорочно, безусловно. Словно альтернативы и не существовало, не было никаких сомнений. А потом проживите в этом решении один-два дня или даже неделю (чем серьезнее решение, тем дольше). Поведение свое не меняйте, никаких действий в направлении принятого решения не совершайте и никому о нем не говорите (это важно). Удивительно, но очень скоро вы почувствуете, как тело начнет откликаться, и вы ощутите либо уверенное чувство внутреннего согласия с выбором («да, это именно то, что нужно»), либо тоску, печаль и сожаление. А еще может быть так, что выбор словно сам себя исчерпает и страстное желание что-то сделать растворится («И почему я вообще задумалась о смене работы? Нормально же все!»).

Не забывайте радовать свое тело

Я много говорю о важности сохранения ресурсов, но не стоит превращать это в самоцель — когда только экономишь и ищешь, где бы еще себя поберечь. Человек — не фарфоровая чашка, чтоб лишать свою жизнь духа карнавала, игры, азарта и здоровой соревновательности.

Даже сильно устав, мы способны восстанавливаться и снова светиться тысячей лампочек — главное, не забывать ставить себя на подзарядку, кормить радостью.

Конечно, можно лечь и ждать, что полегчает, но долго смотреть в потолок рано или поздно надоест. В такие моменты тело ждет не замирания, а действия — только обязательно интересного, щекочущего, приятно волнующего, чтобы аж мурашки бежали от предвкушения. И тогда открывается второе дыхание, а вы подсоединяетесь невидимым проводком к щедрому источнику вдохновения — и появляются силы, и обновляются чувства, и нужные мысли приходят вовремя, как по щелчку.

Итак, что может помочь в восстановлении сил и пробуждению аппетита к жизни?

Заведите «цветок заботы»

Отыскать его можно в цветочном магазине или садовом центре (обычно такие есть при крупных строительных гипермаркетах). Невероятное удовольствие — бродить между стеллажами, как по раю, вдыхать ароматы цветов и пряных трав, удивляться многообразию форм и оттенков. Попробуйте в одну из таких прогулок найти «свое» растение, при взгляде на которое вы словно увидите сестру-близнеца (и если ей окажется росянка — не смущайтесь). Принесите цветок домой, пересадите в самый красивый горшок — и с этого дня хольте, лелейте и любите.

Пусть цветок напоминает вам о том, как важно «растить себя нежно» — и что вам тоже нужен бережный уход, своевременный полив и питательные эмоциональные подкормки. Всякий раз, поливая его или опрыскивая, спрашивайте себя: а как давно я сама за собой ухаживала? Чем вкусным себя питала? Кому разрешала о себе позаботиться?

Держите включенным радар радости

Куда бы вы ни пришли, на какую бы встречу ни приехали, чем бы ни занялись — старайтесь найти, чем себя порадовать. Вкусным чаем, новой книгой, комплиментом, свежим воздухом, аппетитной едой, смешными носками, спонтанным танцем, воодушевляющим знакомством... Причем именно *порадовать*, а не *вознаградить* за что-то. Порадовать просто по факту, что вы это вы и вам нравится быть счастливой. Представляйте, что каждый раз, когда вы себя радуете, внутри вас зажигается огонек на гирлянде.

Поверьте, его мягкий и теплый свет будет виден через ваши глаза. И тоже кого-нибудь порадует. Непременно.

Определите «станции подзарядки»

Это может быть книжная лавка, куда можно прийти и потерять счет времени. Маленькая уютная кухня подруги. Мамин дом. Бабушкин хутор. Едва приметная точка на углу с кофе навынос, где бариста знает вас по имени. Огромный торговый центр, в котором так легко смешаться с толпой. «Свое» лавочка в парке или на набережной. Могила дорогого человека, куда можно прийти побыть в тишине, рассказать новости, выговориться и поплакать.

В «местах силы» кажется, будто время останавливается, а невзгоды большого мира отступают. И будничная суета с ее бесконечными делами и обязательствами хотя бы на какое-то время уходит в фон. В «местах силы» вам хорошо по факту. В них вы в безопасности, в безусловности, там пахнет блинами с грушевым вареньем и молчит телефон, а главное — там ничего не откладывается на потом, «когда придет время».

Памятка нежности к себе

1 У каждого тела есть история: признайте историю своего. Не заставляйте себя «любить» себя — обычного мира с собой вполне достаточно.

2 Отпишитесь от людей, которые считают боль и усталость врагами и призывают выжимать себя на тренировках до последней капли. Отношение к телу как к ленивой скотине, которую нужно дисциплинировать и держать в ежовых рукавицах, — безумно.

3 Выбирая процедуры для тела, без зазрения совести ориентируйтесь на принцип удовольствия, а не «сначала больно, но потом хорошо». Пусть «хорошо» будет все время, это нормально.

4 Изучайте подходы, которые не предполагают насилия над собой, а поощряют установление качественной и наполненной теплом связи с телом.

5 Радуйте себя — зажигайте внутренние гирлянды.

мне мало не хватает для счастья...

...города, пропахшего хлебом, дождем и углем с вокзала,
дома с оберегом у двери против любой незваной беды,
теплой кухни, где все немного пьяны и накормлены до отвала,
чердака, где притихшие ласточки, вязанки зверобоя и череды,
гамака во дворе, лоскутного покрывала...

Ксения Желудова

нежность
восьмая.
пространство

...Поздно вечером, когда небо надевает платье цвета ночной грусти с пайетками звезд, я наливаю в термос кофе с молоком, надеваю тяжелый бушлат на толстой подкладке и сажусь на ступеньках крыльца подышать темнотой, пропитаться звуками, посидеть с закрытыми глазами.

Три зимы назад мы с мужем уехали из Минска, чтобы жить возле леса, топить камин и ходить босиком по скрипучим половицам. Быть в долгах как в шелках, но по крайней мере знать, ради чего. Мы не рассчитывали, что будет легко, но точно знали, что оно того стоит.

Когда поздно вечером в пятницу мы ввалились со всем барахлом и сумками в наш — *уже наш* — дом, то было стойкое ощущение, что его покидали впопыхах, как в ночь перед арестом. За следующие пару недель мы вынесли тонны (в буквальном смысле тонны) уже никому не нужных вещей: одежды, обуви, безделушек, посуды, каких-то банок, кусков пластмассы, чахлых вазонов, полотенец и тряпок, тысячу вешалок, скляночек, бутылочек, статуэточек, картин, садовых фигурок с отбитыми ушами, ковриков, тюбиков, просроченных шампуней, пуговиц и обрезков ткани.

Даже кусок какого-то размороженного мяса, уже с душком.

Мы драили, чистили, отскребали, отковыривали, размачивали, вытирали, протирали насухо и снова драили, чистили, отскребали и отковыривали... Кожа на моих руках потрескалась, лицо из-за постоянного контакта с пылью отекло и зашелушилось. Однажды я просто легла на пол, обхватив свой восьмимесячный беременный живот, и заплакала. Не слезами разочарования или злости — а именно слезами усталости, где-то между истеричным смехом и скулежом.

Помогало держаться то, что нам достался прекрасный ухоженный сад. И добротный, построенный когда-то с огромной любовью дом. Внешнее легко подправить, были бы деньги. Главное — основание. То, что внутри. И те, *кто* внутри.

Мы катались по городам и весям, переоформляя счета, меняя прописку, перезаключая ЖКХ-договоры. Ездили в строительные магазины, искали матрас, кровать, холодильник, стиралку, лампочки, новые розетки, обои и необходимые для ремонта инструменты.

Саша — муж — приходил с работы и заступал на вторую смену: выдирал из стен гвозди, снимал ненужные провода, врезал замки, вешал светильники и рольшторы, без конца что-то чинил, подкручивал, поджимал, подклеивал, силиконил, цементировал, шкурил и красил. В общем, делал так, чтобы не скрипело, не дуло, не шаталось, не царапало и висело не на соплях.

Дом отчаянно нуждался в мужских руках и заботе. На все вопросы в духе: «Как вы, обживаетесь?», я неизменно отвечала одно: «Мы задолбались».

И при этом были счастливы.

Очищенный, вымытый, теперь уже невероятно просторный дом словно просыпался ото сна, выходил из небытия, напитывался новой жизнью. Подбрасывал подарки: то альбом со старыми марками, то книжку из детства, то банку малинового варенья.

Так мы понимали: дом *принимает* нас.

Духи дома говорили нам спасибо.

И до сих пор дом учит нас не бояться.

Здесь жизнь и смерть всегда рядом — птицы иногда бьются в окна, улитки маршем пересекают задний двор, как плац, а я сгребаю листья и гнилые яблоки по весне, и дым от разведенного в саду костра проникает под кожу.

Я долго привыкала к тому, что теперь можно громко говорить. Я никогда не думала, что это что-то такое, чему мне когда-то придется учиться.

...Незадолго до рождения ребенка к нам приезжали друзья. Ночевали, хозяйничали на кухне, скрипели половицами, сновали туда-сюда. А я стояла в ванной, смотрела на разбросанные тут и там вещи, чужие щетки в стаканчике рядом с нашими и чувствовала такое тепло, такую неподдельную нежность, что перехватывало дыхание.

Нас многие отговаривали: зачем вам деревня; куда вы лезете; чтобы жить в доме, нужны золотые руки, а вы городские (то есть руки понятно откуда растут), вы загнетесь. «Киньте дурное, возьмите кредит, купите квартиру».

Но мы не хотели квартиру. Мы всегда хотели *дом*.

И спустя несколько лет, десятки просмотренных домов, тысячи наезженных километров, часы переговоров и торгов, пять проигранных земельных аукционов и две сорвавшиеся сделки мы его нашли. Тот самый, который *как мы*, только не мы. Но который все больше и больше становится нами. И теперь шальной весенний ветер, воющий в трубе, звуки капающей воды, мягкий подрагивающий свет желтых лампочек — все это *наша* радость и беда, *наша* зона ответственности. Нам это чинить, любить и развивать. Нам — просыпаться и жить здесь.

Именно здесь я поняла, как сильно пространство, в котором мы живем, влияет на то, как мы себя чувствуем. Цвета, которые видим вокруг, звуки, которые слышим, запахи, которые вдыхаем. Все это формирует не только наше чувство прекрасного, но и нас самих.

Делает резче или спокойнее, расслабляет или бодрит, приводит в чувства или угнетает.

Невозможно переоценить, насколько сильным ресурсом поддержки и помощи обладает созвучное нам пространство.

В предыдущей главе я писала о «местах силы» и их роли в восстановлении наших сил, в этой — хочу сделать акцент на важности обустройства пространства *для себя*, освобождении его от лишнего и нелюбимого, создании атмосферы, в которой нет необходимости защищаться.

Лучше меньше, да лучше

Нежности к себе нужно место — причем буквально. Освобождайте для нежности пространство, избавляйтесь от лишних вещей, у которых нет с вами ничего общего, кроме жилплощади. Они крадут у вас воздух, собирают пыль и сами постепенно превращаются в прах.

К таким вещам относятся:

вещи, оставшиеся от мертвых связей. Не греющие, ничего не значащие, но зачем-то хранимые: мягкая игрушка, подаренная влюбленным в вас мальчиком в пятом классе, письма от подружки из лагеря, которая предала, керамическая собачка за активное участие в сборе макулатуры. Или фотографии с людьми, с которыми вы разругались много лет назад и стали «закадычными врагами»;

косметические средства, бытовая химия, лекарства или продукты с истекшим сроком годности;

все, из чего вы выросли или чем «переболели». Одежда, книги, настольные игры, пазлы, материалы для творчества (нитки, пряжа, лоскутки, цветная бумага, краски, карандаши и т. д.), неиспользуемый спортивный инвентарь (у меня так валялся когда-то снаряд для скручивания — огромная бесполезная штука из «магазина на диване»);

неприятные подарки. Когда очевидно, что вам всучили первое, что подвернулось под руку, либо вещь навязывает чуждое вам мировоззрение или вкус. Религиозные и эзотерические книги, унылые зимние пейзажи, соломенные куклы в национальном стиле, деревянные тарелки под хохлому — если все это не вызывает у вас восторга, не мучайте себя необходимостью на это смотреть. Подарки без учета интересов одариваемого, особенно большие подарки «в дом», которые вносят в интерьер заметные изменения (картина на стену, напольная ваза, пальма в кадке или шторы), — это «причинение добра», насилие, завуалированное благими намерениями;

сломанные и не подлежащие восстановлению вещи. Если вещь выработала свой ресурс, лучше с благодарностью отпустить ее в небытие, чем наблюдать за ее агонией, смертью и распадом;

лишнее, купленное когда-то про запас или полученное бесплатно. Как человек, еще заставший эпоху дефицита и продуктов по талонам, я знаю этот страх — «бери, пока дают, потом не будет». Но тут важно помнить: какую бы вещь мы ни принесли в дом, с этого момента мы подписываемся на ее «обслуживание». Нам придется выделить для нее место, а потом ухаживать за ней, переживать за ее сохранность и в конце концов — ломать голову, как ее экологично утилизировать.

Вспоминается разговор двух бабушек, который я как-то подслушала в бассейне: «Была в субботу в ГУМе, когда там был день 20%-ной скидки. Это же кошмар, что творилось! Сметали все — полотенца, скатерти! Все тащили! Ничего нормального не осталось! Расстроилась, плюнула и купила себе мороженого». — «На скидке?» — «На улице!»

Вот мне кажется, что такая стратегия на распродажах и акциях — самая верная.

То ли дело *вещи, которые нас любят*.

Одни из них были подарены дорогими людьми, другие — сделаны своими руками, третьи — привезены из путешествия или куплены в киоске на вокзале. Но когда мы пользуемся ими или даже просто смотрим на них, то ощущаем: они нас *любят*. На эти вещи можно положиться, они никогда не подведут. Любая их поломка, не говоря уже о потере, — это настоящее горе, и печаль от него велика, как бывает от расставания с близким другом или утраты чего-то ценного.

Для меня это — маленький складной швейцарский нож, который подарил мне папа в детстве и который однажды я подарю сыну. Мое обручальное кольцо из порыжевшего от времени белого золота. Мои тарелки. У нас в доме нет ни одной одинаковой. Многие из них приехали из дальних стран — Вьетнама, Ирана, Черногории, Израиля, с острова Корсика. Это не сувенирные тарелки, они не висят на стене, не часть коллекции, над которой дрожат, — они работают и радуют нашу семью каждый день. Бывает, бьются. Из них едят, на них подают пироги, бутерброды, хлеб и домашний сыр, в них складывают косточки от вишни. На некоторых появились сколы и трещинки — и это только добавляет им шарма.

А у вас есть такие вещи?

Мой дом — мои правила

Лена ходит по дому в тапочках, Юля — босиком. Таня вешает шторы, Оксана любит ничем не закрытые окна в пол. Саша спит на огромной кровати, Жене достаточно матраса на полу. Лариса обожает спать, обнимая кого-нибудь, — Оле нужно, чтобы рядом никто не сопел. Анжелика Витальевна души не чает в коврах на стенах — ее внучка считает это пережитком. Ане нужна стерильная чистота — в доме Наташи к крошкам и пыли относятся по-философски.

И этот список можно продолжать до бесконечности.

Не бывает неправильных домов — бывают дома, куда гости приходят со своим уставом и непрошеными советами.

Например, в нашем доме не приветствуется агрессия. Ни активная, ни пассивная, ни серо-буро-малиновая. Мне нравится, когда по дому гурьбой носятся дети, прихожая завалена обувью, а кругом происходит шумное черт-те что — потому что *это дом, а не музей*. Но я не разрешаю малышне бить, крушить и ломать, а взрослым — раздавать «ценные указания», что нам нужно изменить или улучшить. Дом — это прежде всего место психологического комфорта, уязвимости и безопасности, а не боевой стойки.

Вы действительно имеете право просить о соблюдении в вашем доме определенных правил и не считать себя из-за этого занудой. Так, моя тетушка заставляет всех надевать тапочки: не потому, что она беспокоится, не будет ли холодно гостям, — она беспокоится о своих коврах. Кто-то терпеть не может, когда гости моют за собой посуду (потом за ними приходится перемывать), хлопают дверьми, трогают коллекции фигурок на полках, без разрешения роются в книжном шкафу или просят достать из террариума домашнего тарантула, чтобы потрогать. У кого-то глаз дергается, если дети начинают прыгать на диванах и кроватях или носятся по дому с едой.

Одна из моих читательниц рассказала: «У нас в доме нельзя гладить одну из собак первые минут десять — она писается от радости». Невозможно знать такие нюансы заранее, и поэтому здорово, что о них можно заранее предупредить и тем самым помочь всем избежать неловкости.

А еще, бывает, приходишь в гости с ребенком и начинаешь его без конца дергать («Не трогай! Не сломай! Отойди от вазонов!»), переживая за чужое имущество и кота. Способ, как сделать так, чтобы всем было хорошо (включая ребенка), подсказала мне соседка Лена.

Когда мой сын начал бегать по ее саду, а я — следом за ним с воплями: «Осторожно! Смотри под ноги, не растопчи розы!», она остановила эту мышиную беготню и сказала: «Мать, слишком много слов. Если он будет делать что-то дурацкое — я скажу».

Так что лайфхак прост: чтобы не создавать окриками шума больше, чем ребенок приносит разрушений, попросите хозяйку или хозяина дома самим обозначить вашему ребенку границы дозволенного. Часто то, что говорят чужие дядя и тетя, дети слышат лучше, чем родительское зудение.

Как напитать пространство теплом и нежностью

Размещайте на видном месте важные для вас слова. В виде надписей, открыток, плакатов и постеров, строчек от руки мелом на грифельной доске, коллажа из фраз, вырезанных из журналов. Избегайте слов и надписей, которые пришли к вам вместе с вещью «по умолчанию», но никак не отражают ваш взгляд на мир (такие обычно бывают на чашках, пижамах, кухонных полотенцах, фартуках, настенных календарях и др.).

Пользуйтесь лампочками с теплым светом. Холодный напоминает нам о больницах, поликлиниках и других страшных учреждениях с их мертвым светом и дрожащим голубым мерцанием. Воссоздавать эту атмосферу дома — настоящее наказание.

Разрешайте себе столько света, сколько нужно. Не экономьте и не слепитесь. Если верхнего света недостаточно, есть бра, торшеры, настольные лампы, светодиодные ленты, точечные светильники на батарейках, гирлянды, в конце концов. Если полумрак не ваша стихия, не живите жизнью крота, это невероятно угнетает.

Зажигайте свечи. Просто так, для себя. Покупайте их того цвета, который в настоящий момент ощущаете как ресурсный. С запахом, который для вас означает счастье.

Откройте для себя спокойную красоту однотонных вещей. Банные полотенца, коврики в ванной, картонные коробки для хранения, постельное белье — все это может быть визуально лаконичным. Знаю людей, которые принципиально снимают наклейки с шампуней, гелей для душа и средств для мытья посуды, потому что их раздражает пестрота этикеток. Отчасти это похоже на декантирование продуктов — снятие заводской упаковки и пересыпание (переливание) содержимого в домашнюю тару (например, в стеклянные банки). Красиво, удобно и функционально — вы сразу видите, где что лежит и как скоро оно закончится.

Окружайте себя вещами из натуральных материалов. Камень, дерево, глина, джут, хлопок, лен, мешковина — вещи из них такие приятные на ощупь! Корзина из лозы стоит дороже, чем ее пластиковый аналог из отдела хозтоваров «все по рублю», но ее берешь в руки — и *любишь*.

Купите вещь, которая воплощает для вас мечту о Доме. Живя на съемной квартире, я мечтала о ковре с длинным ворсом, а муж — о самой большой кровати в мире. Только почему-то мы так и продолжали ходить по линолеуму и спать на старом диване. Не будьте как мы.

Чистота информационного пространства

Подружившись с миром вещей, время уделить внимание еще одному важному пространству — информационному полю, в котором вы живете. Нежность к себе — это очищение соцсетей от источников информации, ценности которых вам не близки, а также настройка показываемой рекламы.

Вот несколько идей, как навести порядок в хаосе социальных сетей.

Не добавляйте «в друзья» незнакомцев. Если кто-то хочет быть в курсе ваших новостей, пусть воспользуется функцией подписки на обновления. Добавляя кого-то в «друзья», вы приносите в свою ленту его новости, фотографии и детальный отчет о пятничном марш-броске по барам города.

Убирайте из «друзей» тех, с кем вы не поддерживаете связь и вообще смутно помните, кто это. Вряд ли вам искренне интересно, что происходит в жизни человека, с которым вы вместе ходили в поход на байдарках сто лет назад и больше не виделись. Если вы переживаете, что удалите человека из «друзей», а он вам когда-нибудь понадобится, например, по работе — в любой соцсети всегда есть строка поиска: две секунды — и вот вы снова в контакте. Это как со связкой ключей: можно носить от всех дверей и кладовок в доме, а можно только нужные (а от кладовок пусть на крючке висят, — вы знаете, где их найти).

Иногда для того, *чтобы снова почувствовать вкус к информации от конкретного человека, помогает блокировка его новостей* (в фейсбуке это можно сделать сроком на 30 дней, а в инстаграме просто «временно заблокировать» — до момента отмены ограничения). Особенно она выручает, когда в жизни друга произошло важное для него событие и он пишет об этом без остановки и примерно одно и то же. Взятая пауза избавит вас от раздражения и позволит дождаться момента, когда возбуждение спадет и он придет в себя. Возможно, к окончанию срока блокировки ваше состояние тоже изменится — и то, что он постит, перестанет вас эмоционально триггерить. Но не тратьте последние силы на самокопание в духе: «Надо обязательно разобраться, почему же это меня задевает, о чем говорит!». Если вы сейчас на нуле и чужие новости причиняют вам боль и выводят из равновесия, не добивайте себя анализом — просто уберите красную тряпку с глаз долой, хотя бы на время.

Отписывайтесь от почтовых рассылок. Для этого есть специальная кнопка в конце письма, обычно едва заметная. Если кнопки нет, можно отметить письмо как спам — и письма с этого адреса автоматически будут отправляться системой в корзину.

Выходите из разочаровавших вас пабликов, каналов и чатов и всегда отключайте звук оповещений. Иначе можно сойти с ума от вечного треньканья.

Если чьи-то сторис или публикации в инстаграме вас раздражают, их тоже можно скрыть, но остаться при этом с человеком «друзьями». По-английски в настройках это действие называется «mute» («скрыть»). «Замьютить» можно отдельно посты или отдельно сторис (а можно и то, и другое).

Настраивайте рекламу в социальных сетях под свои интересы. Скрывайте неприятные рекламные публикации (можно просто «Скрыть рекламу», какую-то конкретную, а можно выбрать «Скрыть ВСЮ рекламу от...» — и тогда неугодный бренд больше не будет мелькать в вашей ленте).

Нежность к себе — максимально бережно выстроить свое информационное поле, чтобы в нем было как дома: чисто, ресурсно, безопасно и нельзя войти без приглашения.

Памятка нежности к себе

1 Доверяйте своему вкусу, цените его — в конце концов, никто не знает лучше вас, чем наполнить пространство, чтобы оно поддерживало вас и питало.

2 Окружайте себя вещами, которые вас любят, и без чувства вины избавляйтесь от тех, которые пытаются навязать свою волю.

3 Бесплатные, но ненужные вещи радуют только первую минуту — потом жить с ними утомительно: за ними нужно ухаживать (как минимум стирать с них пыль), они занимают место.

4 Не бойтесь говорить о правилах своего дома гостям — адекватные люди не воспринимают это как занудство. Лучше один раз обозначить, что в вашем доме делать нельзя, чем потом без конца придумывать благовидные причины, почему вы не зовете кого-то в гости.

5 Не забывайте заботиться об информационном пространстве. Формируйте ленту новостей с нежностью — пусть она будет короткой, но там точно не будет ничего бесящего или пустого.

...она слышит из чьих-то уст «я люблю тебя», грустно смотрит в окно,
ей бы сказать «а я тебя — нет» и враз оказаться на том берегу пропасти,
а она говорит «ты очень хороший, но...»
и обращает акт неловкости
в акт жестокости.

Ксения Желудова

нежность девятая.

коммуникация

Коммуникация, при которой просьбы и желания выражаются ясно и недвусмысленно, — тяжелый, но благодарный труд. Намеки и ожидание, что кто-то сам догадается, чего вы от него хотите, делают путь к результату труднее и дольше, а иногда и вовсе превращают в невозможный. В этой главе мы поговорим о том, как общаться эффективнее: соглашаться — искренне, отказывать — честно, спрашивать — без попытки предугадать ответ и как-то себя заранее к нему подготовить.

Во-первых, *даже самый неприятный ответ — это не конец света,* а пометка на карте: осторожно, капканы; топь; а вот здесь может укусить за ногу бешеная лисица. Зато теперь вы понимаете, где лежат берега, проходит граница, стоит часовой с ружьем и дальше вас не пропустит. Понимаете — и принимаете чужое право сказать вам «нет».

Во-вторых, *нет такого ответа, который вы не способны вынести* (даже если кажется, что есть).

Что бы вам ни сказали, вы не упадете замертво на траву, даже если сказано будет со злобой, в сердцах, с прицелом в самое уязвимое и больное. Вы справитесь — правда справитесь. Переведете дух, восстановите дыхание и непременно придумаете, что делать дальше — имея теперь вот такие вводные на руках.

В-третьих, *иногда мы просто спрашиваем не у тех*. И те, кто нам отвечает, ошибаются, недоговаривают или врут. А мы потом сидим с их дурацкими ответами и думаем, что это правда. Однако задай мы тот же вопрос другим людям — и все было бы по-другому, и летали бы потом как на крыльях, вдохновленные, обнадеженные, счастливые. Пожалуйста, помните:

правде не обязательно приносить страдания,
чтобы быть правдой,
а тот, чьи слова приносят боль, может врать.

Если вы действительно нуждаетесь в совете, спросите нескольких людей.

В-четвертых, *вы не можете помешать другим людям думать о вас плохо или неправильно* (даже если это вам не нравится). Вы даже не представляете, насколько разнится ваш образ от головы к голове, а главное — как часто коммуникация с вами строится не в контексте диалога, а исключительно для отыгрывания эмоций. В их водовороте замешан весь неудачный опыт «до», огромное количество призраков незнакомых вам людей, неотпущенная боль и непрожитые обиды, к которым вы не имеете никакого отношения.

Так что попытки соответствовать ожиданиям и представлениям о себе других людей — напрасная трата времени и сил. Даже самые близкие и родные люди, которые беззаветно и преданно вас любят, имеют дело не с истинными вами, а с тем образом в своей голове, который примиряет их с действительностью и делает жизнь чуть более упорядоченной и понятной.

Слова отлично умеют решать проблемы

Скажу честно: я не знаю, как себя вести, когда мне говорят о депрессии, смертельной болезни, желании свести счеты с жизнью или надвигающемся разводе. Не знаю, какие слова подобрать, потому что не догадываюсь, что человек вкладывает в то, что говорит. Он констатирует факт? Просит о помощи? Хочет разделить со мной чувство негодования на судьбу? К сожалению, я не умею читать мысли, чтобы дать ему то, что нужно, — лишь слышу эхо собственных чувств, взбудораженных сказанным.

Да, я могу сказать: «Все будет хорошо» — но не знаю, будет ли. Тем более я не знаю, что ответить на логичный встречный вопрос: «Когда?»

Я могу сказать: «Не отчаивайся, потерпи чуть-чуть, сделай еще вот это», — но что я знаю о том, сколько человек уже вытерпел и перенес, чтобы обесценить пройденный им путь своими словами, которые в его голове запросто могут звучать как: «Что-то ты плохо стараешься, соберись».

А еще я могу просто не найти нужных слов и промолчать, ничего в свое молчание не вкладывая, а человек нафантазирует себе бог весть что — и дружбе конец.

Вот почему так важно максимально четко заявлять о своем запросе: «Помогите советом», «Расскажите о своем опыте», «Я просто поныть, спасать не надо», — люди в зрительном зале сразу понимают, какого рода реакция от них нужна (и какая не нужна).

Это про взаимное уважение. Никто не должен гадать, что вы вкладываете в слова, — в повседневной жизни и без этого головоломок достаточно. К тому же это надежный барьер от комментариев в духе «Лучики добра тебе!» под постом, в котором вы пожаловались на разболевшиеся зубы — и скорее рассчитывали на контакты хорошего стоматолога, чем на «лучики».

Как же общаться, чтобы не мучиться и не мучить?

Слушайте чужие истории не перебивая. Думаю, вам знакомо это чувство, когда в разговоре с кем-то так и подмывает вставить свои пять копеек: «А у меня...» Ну потому что если вы не расскажете свою историю прямо сейчас, то через пять минут уже забудете и она так и не удивит мир.

Попробуйте в следующий раз, когда почувствуете острое желание перебить, представить, что вы — акушерка, принимающая роды чужой истории. Позвольте ей родиться: стать услышанной, обрести форму и голос. Спросите рассказчика о его чувствах и мыслях насчет того, о чем он рассказывает, поделитесь, какие чувства и мысли пробудила эта история в вас самих.

Если человек выливает на вас тонну жалоб, задайте вопрос, который прекратит поток нытья: **«И что ты теперь собираешься делать?»** Во-первых, это убережет вас от того, чтобы броситься спасать и влезать в зону чужой ответственности, а во-вторых, расставит нужный смысловой акцент: да, тебе нелегко, но ты не беспомощная бедняжечка, ты можешь влиять на свою жизнь — подумай, с чего начать, а я с удовольствием послушаю.

Проясняйте непонятное. Однажды подруга подарила мне пророщенные семена гинкго[39]. С одной стороны крупных семян, похожих на косточку абрикоса, уже проклюнулись белые ростки. Я обрадовалась этому и высадила целую батарею горшков. Сфотографировала и даже выложила в инстаграм. Довольно скоро пришло сообщение от подруги: «Оля, ты посадила их вверх ногами! Белые отростки — это корни!»

Вот так древние реликтовые растения, пережившие динозавров и приехавшие ко мне из Японии, рисковали помереть на теплом подоконнике в горшке, потому что горе-садовод Оля постеснялась спросить, как с ними правильно обращаться. Пришлось пересаживать. Много лишних движений — из-за не заданного вовремя вопроса, который вертелся на языке, но так и не был озвучен.

Старайтесь избегать вопросов, начинающихся с «почему». В ответ на них человек неосознанно начинает объясняться и оправдываться (а значит, защищаться). Честно говоря, мы редко слышим в быту приятные вопросы, начинающиеся с «почему» — в основном: «Почему ты опоздал?», «Почему ты не позвонила?», «Почему ты не можешь жить как все нормальные люди?»... Вопрос: «Почему ты такая классная?» может вообще никогда не прозвучать! А теперь сравните: «*Почему* вы не подали налоговую декларацию до 1 марта?» и «*Что помешало* вам подать налоговую декларацию в срок?». В первом случае вы тут же чувствуете себя виноватыми и припертыми к стенке, во втором — ощущаете искреннюю заинтересованность и готовность выслушать причину промедления. Поэтому, если вы не собираетесь заставить собеседника обороняться, обращайте внимание на то, как формулируете вопрос.

Берите время подумать и давайте его другим. Когда у вас что-то спрашивают или предлагают, вовсе не обязательно отвечать здесь и сейчас. Особенно если в этот момент вы ведете машину, пытаетесь поймать убегающего ребенка или сидите в очереди к врачу — то есть находитесь в состоянии рассеянного внимания или нервного напряжения. Попросите дать вам время собраться с мыслями и скажите, через сколько вы сможете дать ответ. Оговорить точное время отсрочки — хороший тон, поскольку вы не оставляете спросившего в подвешенном состоянии (ждать от вас чего-то или нет).

А если предлагающая сторона — вы, обозначайте время, в течение которого предложение действует («Собираем компанию на дачу. Если вы с нами, дайте знать до семи вечера, чтобы мы понимали, сколько продуктов покупать»).

Отвечайте только на заданный вопрос, без оправданий или разжевывания ответа. Допустим, подруга говорит: «Я удивилась, что ты не пригласила меня на день рождения. У тебя все в порядке?» Ответа: «Да, все нормально» — достаточно. Весьма вероятно, что подруга ждет объяснения, почему вы ее не пригласили. Но пока она об этом не спросит напрямую, не считайте себя должными реагировать на неозвученный вопрос или давать больше информации, чем требуется. Она выразила свое чувство — удивление, вы приняли эту реакцию но не обязаны ничего с ней делать — она же не ваша.

Из той же оперы: «Мне не нравится, каким тоном ты со мной разговариваешь», «Я чуть с ума не сошла от волнения», «Дочка тети Светы уже третьего ребенка ждет, а я все первого внука не могу дождаться...». Одна из бед нашей культуры общения помимо непрошеных советов, — постоянное использование вопросов или просьб, вообще не похожих ни на вопросы, ни на просьбы — скорее на утверждения. Сравните: «Не разговаривай со мной в таком тоне», «Я чуть с ума не сошла от волнения! Пожалуйста, найди в следующий раз способ меня предупредить, что задерживаешься», «Я так жду внуков — вы вообще планируете заводить детей или мне лучше не строить иллюзий?» (закроем глаза на этический момент последнего вопроса — конкретно в этой теме родители обычно не сильно заморачиваются с деликатностью). В утверждениях чуть выше просьбы и вопросы, может быть, и *считывались*, но *не проговаривались вслух*, а значит, были неконструктивны — от них вполне можно отмахнуться как от надоедливых мух, принять за белый шум.

Если нужны ответы и действия —
заворачивайте вопросы и просьбы
в правильную упаковку.

То есть используйте глаголы повелительного наклонения и знак вопроса.

Не стесняйтесь фразы «Я не знаю». Не знать — не значит расписаться в своей некомпетентности. Это честное отражение настоящего момента. Возможно, для того, чтобы ответить на вопрос, вам нужно время — и тогда нормально сказать: «Мне нужно время, чтобы ответить на этот вопрос, давай вернемся к нему через пару часов». А возможно, вы вообще не хотите задумываться о том, что у вас спрашивают, и тогда фраза «Я не знаю» будет четко обозначенной границей ваших усилий, за которую вы не планируете заходить, потому что вам неинтересно.

Оговаривайте способ коммуникации, который вам удобнее. Если вы лучше соображаете в устном общении, а набирать буковки вам долго и тяжело, так и скажите. У меня есть знакомая, с которой мы общаемся по принципу взаимного комфорта: она присылает мне голосовые сообщения, а я ей — текст. Мои близкие друзья знают, что я не люблю разговаривать по телефону, и поэтому звонят только в крайнем случае — и я тогда точно знаю: что-то срочное, нужно обязательно ответить.

Разрешите себе не реагировать на чужие новости в соцсетях. Ни смайликом, ни лайком, ни комментарием. И разрешите это другим по отношению к вам, то есть не мониторьте чужие реакции на размещенный вами контент, не отслеживайте, кто видел ваше голосование, но не проголосовал, кто не откликнулся на просьбу.

Непрошеные советы

Непрошеные советы обычно поступают тогда, когда мы делимся с кем-то чувствами или мыслями, но при этом не обозначаем, для чего это делаем или какой именно реакции ждем («я похвастаться», «я поныть», «я пожалеться»). Если вынести к людям свою печаль, в большинстве случаев обратно прилетят жалость, советы или чужая история в духе «это еще что, а вот у меня...» — и начнется негласное соревнование, у кого жизнь хуже. Словно пока в мире есть тот, кто страдает больше, ваша грусть не оправданна и смешна.

Встречаясь с чужим унынием или болью, сложно не броситься тут же спасать, рассыпая впереди себя благие намерения. Еще тяжелее этого не делать, если вы встречаетесь с тем, в чем ощущаете себя опытнее, потому что уже прошли через это — успешно ввели прикорм, эмигрировали или завели блог. Однако даже если это на самом деле так, предъявлять свой опыт другим без запроса — некорректно. Тем более навязывать его или стыдить за то, что кто-то действует иначе.

Мы теряем такт и забываем, что если не спрашивают, не просят — то и оценки наши не нужны, потому что ситуация, в которой другие варятся, имеет с нами так мизерно мало общего. Если мы во что-то сами не вложились — деньгами, силами, временем и другими ресурсами, то не нужно лезть за праздничный стол и тянуться руками к самому сахарному калачу.

Если у вас есть ребенок и вы живете не в изоляции, думаю, вы запросто вспомните с десяток случаев, как вас «учили» быть хорошей мамой, вызывая чувство вины, стыда и собственной неадекватности. И шапку вы не надеваете, и босиком у вас ребенок бегает, и лечите вы неправильно, и рожали — тоже *не так*. А дальше — коротенько, минут на сорок — монолог о том, *как надо*.

Итак, когда вам прилетает непрошеный совет...

спросите себя: хотите ли вы жить так, как живет тот, кто дает вам совет? Он говорит, потому что знает, что говорит, или потому что не может не говорить? Мама, папа, родственники и совершенно незнакомые комментаторы с форумов, подруги, тренеры и учителя, коллеги и просто публичные советчики — стоят ли за их словами личные истории? Или это общие рассуждения, мысли вслух, за которыми нет ни счастья, ни денег, ни радости, ни бизнеса, ни сохраненной семьи, ни по-настоящему крутого уровня профессиональных компетенций?

помните, что совет — это не руководство к действию. Советуя, человек просто рассказывает фантазию с собой в главной роли — что бы он делал в такой ситуации. По большому счету, здоровое отношение к сказанному — «ну, ок». Главное, не разувериться в собственной способности принимать решения, иначе все время будет казаться, что люди вокруг всегда знают лучше (как будто они с годами становятся мудрее, а вы — просто старше);

в качестве хорошего ответа на непрошеный совет держите наготове фразу: «Я разберусь, спасибо (большое)». Она достаточно прямолинейна, чтобы недвусмысленно обозначить границу, которую советчику не следует пересекать, но при этом не содержит в себе агрессии (если кажется, что содержит, улыбнитесь или добавьте смайл, это снизит градус напряжения; но если вежливость не входит в ваши планы, лишние танцевальные движения ни к чему);

используйте фразу «Нужно больше советов!» как альтернативу фразе выше, когда рвущийся наружу сарказм не сдержать. Она действительно иногда работает лучше, потому что подспудно содержит приглашение посмеяться над самими же собой — людьми, которым до всего есть дело.

Мы понятия не имеем, что лежит
в хранилищах бессознательного других людей.

Какой силы отчаяние или страх может вызвать совершенно безобидная, на наш взгляд, реплика или неудачная шутка. Мы никогда не знаем, как точно и глубоко войдет игла укора в уязвимое место. Мы даже не поймем, что случилось, а человек окаменеет от боли и разлетится на тысячи осколков. Если нам повезет, он даст знать, что мы его обидели, и тогда у нас будет шанс извиниться и наладить отношения. В противном случае человек может на время пропасть с радаров или вовсе исчезнуть из нашей жизни — без объяснений и без малейшего желания в нее вернуться.

Просить о помощи — не стыдно

Просить о помощи трудно, когда мы либо считаем, что сами должны справляться с проблемами и никого не обременять, либо боимся остаться должными. Иногда попросить о помощи даже физически трудно — в горле образуется ком и не получается произнести ни звука.

Такое бывает, когда с детства учили быть самостоятельной девочкой, чтобы, не дай бог, не выросла девочка, которая будет кому-то *неудобной*. И она вырастает, вообще не зная о том, что просить о помощи — нормально. Что не обязательно волочить диван на восьмой этаж самой. Что если тяжело, это уже достаточное основание для того, чтобы придумать, как сделать легче. Что можно попросить кого-нибудь разделить с вами ношу, задачу или ответственность, и даже если вам откажут — это не настолько разрушительно, как кажется. Это просто ответ «нет» от одного человека. Но вас на Земле не двое.

Просите о помощи, не продумывая заранее чужую реакцию на нее — что человек скажет, как отнесется, что о вас подумает, чего попросит взамен. По сути, нужно просто озвучить словами просьбу и услышать ответ.

Когда вы звоните, чтобы одолжить денег, не нужно долгих прелюдий про «как дела, как сам, как дети» — просьбы о помощи не нуждаются в тщательной подготовке, они не ужасны сами по себе, это просто просьбы.

Тем более не нужно к ним приплетать родственные связи («ну мы же семья!») или играть на общее прошлое («помоги по старой памяти, дружище»). Вы *имеете право* о чем угодно попросить — человек *имеет право* что угодно ответить. Но как только он почувствует (а почувствует обязательно), что вы имели планы на его ответ, и его слова — не то, что вы рассчитывали услышать, — это сильно усложнит дальнейшую коммуникацию, если не сведет ее на нет.

Когда мне было двадцать два, я поехала отдыхать в Румынию. За два дня до отъезда у меня закончились деньги. Вообще. Я не могла купить себе ни воды, ни еды. Никаких запасов не было. И я выбрала молчать об этом и голодать, вместо того чтобы сказать о ситуации кому-либо из туристической группы. Сейчас я понимаю, какая это глупость: в автобусе ехало 40 человек, которые отдыхали со мной в одном отеле, у кого-то наверняка была возможность поделиться чем-то съестным или помочь деньгами на условиях «отдашь, когда вернемся домой». Но я молчала — и никто ни о чем не догадывался.

Подозреваю, сдерживали меня нелепые представления о гордости: не просить, чтобы *не унижаться*. Будто просьба всегда о том, что есть сторона дающая — щедрая, изобильная — и есть тот, кто стоит с протянутой рукой — жалкий, нищий. В таком подходе нет ничего от творчества, желания найти взаимовыгодное решение, которое наверняка есть, просто ты его не видишь, потому что даже не смотришь.

Я же банально могла попроситься подработать на кухне при отеле или предложить посидеть с чьим-нибудь ребенком взамен на совместный ужин. Но нет — я мужественно выбрала страдать, вместо того чтобы взглянуть на проблему шире.

Просьба о помощи — это не ломка себя,
это шаг к решению проблемы.

На внятно сформулированный запрос кто-то откликнется, кто-то — нет, но отказ не делает просьбу ущербной или не заслуживающей существования. Она — инструмент для увлекательной игры, одна из тысячи переменных, костяшки, которые вы бросаете на стол, — и наблюдаете, куда кривая поведет вас дальше, что случится в следующий момент.

Вы не становитесь хуже, когда о чем-то просите, и не становитесь лучше, сражаясь с трудностями в одиночку. Просто помните, что «не верь, не бойся, не проси» — это тюремная поговорка, три арестантские заповеди, философию которых нет нужды тащить в обычную жизнь.

Памятка нежности к себе

1 Верьте историям, а не советам. Куда интереснее наблюдать, как хорошие люди выходят из непростых ситуаций и не пытаются враньем «сохранить лицо». Истории вдохновляют, назидания — нет, советы без запроса вообще бесят.

2 «Да» и «нет» — прекрасные, замечательные слова, но ничем не хуже «мне надо подумать» и «я не знаю». Используйте их.

3 Сообщая что-то важное для себя, обозначайте, какая реакция вам нужна, и не ленитесь уточнять запрос, если он не озвучен («Ты хочешь услышать мое мнение или тебя просто взять на ручки?»). Это поможет сделать общение бережным и тактичным.

4 Не бойтесь просить о помощи — и не бойтесь ее принимать. Если с последним тяжело, представьте, что помощь приходит к вам как благодарность за то, что вы уже сделали, а не дается «в долг». Не мешайте добру проявляться в вашей жизни, не противьтесь ему. Так надо.

то, что любви не бывает, сегодня правда, а завтра — ложь,
вот и решай для себя — каждое утро, за чашкой чая;
но как ни крути, как же скучно ты, черт побери, живешь,
раз никто по тебе
не скучает.

Ксения Желудова

нежность десятая. люди

Люди бесценны.

Все важное о себе мы понимаем через взаимодействие друг с другом: как мы любим, чего боимся, какие сокровища и ложки дегтя в себе таим. С кем-то контакт устанавливается при первой встрече, с кем-то — лишь много разговоров спустя. Сближаясь и отдаляясь, мы понимаем, что отношения — как живой организм: растут и меняются — от интереса, симпатии и восторга до охлаждения чувств, равнодушия и прекращения связи.

Так удивительно, так трогательно, так тепло — когда ты знаешь, кем был, как жил и чем дышал человек до того, как гугл узнал его имя. И что куда бы ни занесла тебя жизнь, ты знаешь: есть место, где тебе непременно будут рады, накормят горячим супом, угостят соком, посадят рядом и будут слушать — так долго, как тебе надо, не перебивая.

Иногда слова действительно не нужны — нужно плечо, в которое можно уткнуться носом и пореветь.

Потому что ты и без чужих уверений знаешь, что все будет хорошо. Просто на пути к этому «хорошо» иногда бывает очень непросто, и в такие минуты мы особенно остро нуждаемся в тех, кому не страшно и не зазорно сказать: «Мне очень плохо. Пожалей меня, пожалуйста».

На самом деле интуитивно мы всегда безошибочно понимаем, с кем из нашего окружения лучше говорить только о работе, рецептах пирогов, кино или книгах, а к кому можно приползти с выдранным клоком шерсти и попросить подержать волосы, пока рвет. В глубине души мы знаем, кого все это напугает до дрожи, потому что для него привлекателен статичный образ счастливого и сильного человека и ни с каким другим он иметь дела не хочет, а кто — примет нас и в горе, и в радости, и в остатке, и в сладости, и в невыносимой легкости — и в невыразимой тяжести бытия.

Мы называем этих удивительных людей *друзьями* — и доверяем им ключи от дома и кошку.

Помню, у меня был лучший День Святого Валентина: ни курьера с цветами, ни письма с признаниями, ни одного пошлого поздравления. Укатившие в Берлин друзья попросили присмотреть за их съемной квартирой, так что вечер я встретила в полупустой хрущевке — с мятным чаем и пачкой зефира, гулким эхо шагов и неоновой гирляндой, которая красила тени в праздничный розовый.

Где-то за стенкой Уитни пела свою легендарную I Will Always Love You, в окнах напротив выворачивались наизнанку чужие жизни, над городом синело небо. Я была одна, и мне было хорошо. В подъезде курили, несколькими этажами ниже — играли на виолончели. Где-то варили суп, где-то — ждали дурных новостей, и любовь, как случайная смерть, случалась повсюду. Я же просто наблюдала и думала: «А все-таки это очень славно, когда все, что тебе нужно, помещается под ребрами слева».

Своя стая

С возрастом привыкаешь к довольно узкому кругу людей, которых считаешь своей стаей.

С кем-то вы связаны нитями общей памяти и пройденными дорогами. С кем-то — радостью знать друг друга еще по парте, по кривому почерку в тетради в клеточку, где поля — под линейку, а мечты — под копирку, и пройдет еще много лет, прежде чем вас разнесет в разные стороны. Но вы все равно останетесь теми, кем были «до» — живыми, смешными, нежными, беспричинно счастливыми, безусловно любимыми, безоружными, чистыми. А есть те, с кем вы познакомились совсем недавно, но как-то сразу основательно и предельно: похожие шрамы, опыт, взгляды на жизнь и цели.

В таких связях ценишь и бережешь крепкое знание, что с этими людьми *не нужно играть*. Подстраиваться под их представление о себе, бояться из него вывалиться, недотянуть — вдруг отклеится ус, заблестит на жаре нос или сотрется помада?

«Своих» людей видишь мгновенно —
их не нужно долго узнавать, чтобы полюбить.

«Своих» чувствуешь сразу, как сердечную боль, и не важно, где и как происходит встреча. Ты вдруг просто понимаешь, что вы — одной крови, и с чужаком этим можно разделить и свой хлеб, и свой бой. И если вы когда-нибудь станете врагами, то это будет честью, а не бедою.

С этими людьми не нужно пропускать информацию через фильтр, просчитывать наперед, думать, где аукнется, где вылезет боком, когда припомнится. Общаться с ними — просто, как дышать, как бежать, как прыгать с разбегу в воду и плыть по течению на спине, быть пустой и наполненной одновременно: вот я говорю, вот — они, а вот — небо за окном вышито серебряной ниткой, и это — красиво.

Разговоры со своими людьми — это не словесный спарринг на ринге, не интеллектуальные игры на «слабо», не коктейль из черного юмора и сарказма. Все это хорошо только в те спокойные и светлые времена, когда сил поерничать и покуражиться более чем в достатке. Но вот когда не смешно, а темно, и непонятно что за окном, и нет звезд на небе, — идешь не на блеск красивых витрин с холодными пластиковыми манекенами в них, а за тем, что поддержит и напитает; к тем, кто выслушает и поймет, а главное знает: все пройдет, не всегда — бесследно, но: «Ты точно справишься, я тебе говорю. А пока — иди сюда, дай я тебя обниму. Обниму, мою хорошую, — и подую...»

Разговоры со своими людьми — это общение, которое наполняет. Возможность не прятаться за ширму, а говорить как есть. Делиться личным, зная, что оно точно не будет лишним, никто не отведет поспешно глаза, не переведет разговор на другую тему. Это как сидеть у огня на берегу реки под тихое перебирание струн гитары — можно петь, можно слушать, а можно сказать: «Знаешь, давай помолчим...» — и тишина эта будет нежной, как ваша дружба.

Ищите своих людей. Берегите своих людей. Они — опора. Те самые разрозненные точки координат, по которым вы уверенно строите свой график. Люди, с которыми можно проявлять свою уязвимость, обнажать свои роднички, люди, к которым не нужно бояться поворачиваться спиной. *Своя стая не семья*, вы выбираете ее самостоятельно. А часто она находит вас сама, когда вы дорастаете до круга людей, с ритмом сердца которых совпадает ваш собственный.

Дружеские отношения мы завязываем по разным причинам — чаще всего это какой-то общий интерес или общее дело. Тони Крэбб в книге «Безумно занят»[40] рекомендует составить список 15 самых близких людей и поддерживать эти отношения как самые важные и дорогие, вкладываться в них и ни в коем случае не упускать из вида. Иначе груз ответственности за душевное благополучие ляжет на плечи партнера по семье, с чем он попросту не справится. Ведь как бывает: с одним человеком нам интересно говорить о литературе, обсуждать новинки кино, с другим — сплетничать, с третьим — ходить по магазинам, с четвертым — делиться сокровенным, с пятым — вместе ходить в походы или петь в хоре, с шестым — обмениваться информацией, как выращивать помидоры или сортировать мусор, с седьмым — танцевать линди... Наш партнер физически не способен удовлетворить все наши потребности, не жертвуя при этом своими интересами и не живя нашей жизнью вместо своей.

Вот почему «при всей своей занятости никогда не урезайте свое общение с главными 15 [людьми]. Можете отложить до лучших времен следующие 50, 150 и 500 своих контактов, но только не эти 15. Ваша «группа поддержки» поможет вам пройти периоды чернейшей усталости и безвыходнейшей загруженности — не отказывайтесь от нее»[41].

Да, есть пары, в которых у партнеров все общее — они как совершенная замкнутая система, неразделимые близнецы. Если это не ваш случай, не расстраивайтесь — другие варианты отношений также прекрасно функционируют. Полное совпадение интересов и увлечений не является ни эталоном любви, ни гарантией счастья. Нормально любить разное, увлекаться разным, иметь «своих» друзей, помимо общих с партнером, — и при этом не считать брак неудавшимся или неполноценным.

Если в отношениях ваши ключевые потребности закрыты, остальные, не первостепенные, вполне можно удовлетворить с помощью других людей. Идти за необходимым во внешний мир, а не пытаться получить от того, кто не может его дать, — нормально. В этом тоже много нежности и осознанного отказа от насилия: если ваш партнер не фанат разговоров (как мой муж, например), лучше принять эту особенность и не мучить его словами. Мы имеем право быть разными без чувства вины за то, что кому-то из нас чего-то не хватает в другом. Мы не были задуманы как ресурс, призванный обслуживать лишь чужие интересы. Никто не был.

Люди — добрые зеркала

Некоторые люди, сами того не ведая, оказывают нам очень важную, очень нужную, очень редкую и оттого очень ценную услугу — работают для нас *добрыми зеркалами*.

Они дают нам положительную обратную связь, даже если мы ее не просим, не говорим: «Скажи что-нибудь хорошее обо мне, я так изголодалась по этому, сто лет уже ничего о себе "не ела"». Добрые зеркала совершенно внезапно, без повода вдруг решают написать, *что* им в нас нравится, *что* впечатляет, какие слова они уже давно носят для нас на кончике языка — и вот теперь решили подарить, как цветы.

Причем обычно они появляются именно в те минуты, когда нам особенно нужно услышать, что с нами все в порядке. Что все в порядке с тем, что мы делаем, куда движемся, к чему пришли. У нас часто замылен глаз — мы к себе привыкли, как к разношенным старым ботинкам. Если мы что-то и усвоили о себе — так в основном то, что бурчит внутренний критик. И тут вдруг они, люди, в чьих глазах мы отражаемся словно в глади чистой воды, спокойной и ровной.

Они возвращают нам силы и веру, напоминая о самом удивительном в нас, — о нашем даре, о суперсиле. Делятся своими наблюдениями о том, *чем* мы по праву можем в себе гордиться (потому что они бы гордились!), даже если до этого дня мы понятия не имели, что в нас *это* есть.

В ком-то из нас совершенно очаровательна его теплая, обволакивающая доброта: всего-то побыли рядом — а вас словно укрыли толстым мягким одеялом в холодный вечер, нежно подоткнув его со всех сторон. В другом невероятно привлекательно умение раскачивать пространство вокруг, заставлять его расходиться волнами, превращать эти волны в цунами. Рядом с такими людьми буквально физически ощущаешь, как еще вчера бывшая воздухом идея вдруг начинает воплощаться в реальности, обрастать нужными людьми, местами и связями, пульсировать и сбываться. Кто-то поражает своей педантичностью, скрупулезностью, умением разложить ситуацию на атомы и дотошно рассмотреть каждый, ничего не упуская из виду, ничего не пуская на самотек. Такая склонность продумывать мелочи часто бывает похожа на чистой воды занудство — но именно она в один непрекрасный день спасает всех.

«Добрые зеркала» не заигрывают, не делают комплиментов из выгоды или корысти. В общем-то, они вполне могли бы и промолчать, но их оптика настроена таким образом, что они видят хорошее, замечают красоту и, как дети, радуются всему, что трогает их сердце. Они отражают «наше непобедимое» — то, что мы принимаем как должное или не замечаем вовсе, но что безоговорочно отличает нас от других, является признаком мастерства или душевного дара.

Попросите людей, которые вас любят, рассказать, что им в вас нравится. За что они вас ценят. Дайте им столько времени, сколько нужно — и приготовьтесь удивляться. Вы можете даже не подозревать, что некоторые ваши черты находят глубокий отклик в сердцах других, вдохновляют их, мотивируют, помогают чувствовать себя спокойнее в этом мире. Даже одно ваше присутствие рядом может быть для кого-то целительным!

Храните добрые слова,
прячьте их внутрь себя,
верьте им.

Записывайте их в блокнот и в трудные времена возвращайтесь к ним за успокоением и надеждой. Они обладают огромным ресурсом поддержки — это живая вода для души, волшебная ниточка, способная вывести из лабиринта сомнений и страхов. Присваивая их, интегрируя в знание о себе, мы укрепляемся в своем праве радоваться себе, считать себя хорошими, красивыми, сильными и достойными восхищения и любви. Чем больше отраженного света к нам возвращается, тем ярче хочется светить, тем безопаснее ощущается среда, в которой мы живем, тем чувствительнее становятся глаза к необыкновенному в других людях.

Я глубоко убеждена, что мы чертовски мало знаем о том, какие сокровища в нас скрыты, потому что редко кто вырос в условиях постоянного «доброго отражения», без манипуляций и сложных психологических многоходовок, когда похвала была средством получить желаемое или закрепить удобное поведение, а не проявить красоту душевной грани.

Но если мы не видим своей уникальной ценности, это не значит, что ее нет.

На своих не нападают

Как-то в ресторане я пожаловалась одному официанту на другого. Он ответил: «Да, знаю, он немножко странный. Но когда кто-то танцует под другой ритм, я просто говорю себе: «Пусть танцует».

Н. Голдберг. Человек, который съел машину[42]

Есть много причин, почему дружеские связи заканчиваются. Иногда это потеря доверия или сильная обида, тогда контакт с человеком хочется прервать здесь и сейчас, без проведения реанимационных мероприятий. Иногда простого удаления из друзей в соцсетях оказывается достаточно, чтобы выстроить стену информационного отчуждения. Это страшно признавать, но, стоит потерять человека из вида в ежедневной ленте, — и он словно исчезает в реке забвения. Вы больше не знаете, жив ли он или нет.

Еще одна причина, почему отношения сходят на нет, — серьезные изменения укладов жизни: переезд в другой город или страну, замужество, рождение ребенка, карьерный вызов, болезнь, духовная трансформация. Под влиянием происходящего человек может так ощутимо меняться, что превращается в чужака. Нежность к себе в данном случае — принять чужие перемены и разрешить дружбе закончиться, если вас больше ничего с человеком не связывает, кроме памяти. Не нужно цепляться за хорошие дни в прошлом и искусственно поддерживать видимость связи там, где между вами расстояние длиной в световые годы. Как писала Ольга Павлига: «Отдаления всегда происходят постепенно. Сначала как за стеклом — уже нельзя дотронуться, потом как за стеной — уже нельзя увидеться, а после как амнезия — невозможно вспомнить»[43].

Это больно, но такую дружбу важно отгоревать и отпустить. На самом деле момент, когда дружба истончается, нельзя не заметить: вы вдруг четко осознаете, что все контакты, все приглашения встретиться на кофе, все сообщения в мессенджерах — только с вашей стороны. На той — реакция, но никогда — инициатива.

Дружба так не работает.

Дружбу нужно поддерживать, подкармливать, вкладываться в нее временем и собой.

А главное — всегда оставлять для нее пространство, свободное от изменений, с правилами, которые соблюдают все. Например, не обсуждать политику, не критиковать друг друга, не иронизировать над слабостями или не навязывать свои новые привычки, увлечения и плоды духовных поисков. Потому что даже партнеры, дети и переезд не так пагубно влияют на дружбу, как внесение новых данных в исходный код.

Да, мы меняемся. Отказываемся от мяса, начинаем сортировать мусор, получаем новую квалификацию, открываем бизнес, увлекаемся бегом или эзотерическими практиками, записываемся на психотерапию или с головой уходим в семью. Но в пространстве дружбы необходимо соблюдать тот формат отношений, на фундаменте которого между вами все и возникло: знать мозоли, на которые нельзя наступать, и слова, способные сработать как детонатор.

Если в дружбе не принято хлопать дверьми, сплетничать, швырять в лицо свой характер, подло жалить, то любое отклонение от формата будет ударом в колокол: что-то не так. Это не значит, что между друзьями не может искрить от гнева и напряжения (никто не железный), но для выражения этих чувств либо будут найдены другие пути, либо они вовсе не будут проявлены, и это тоже про выбор.

Одна из базовых опор отношений, не важно, любовных или дружеских, — предсказуемость реакций и поведения: когда от человека не ожидаешь резких и нервных па. На своих не нападают — с ними формируют ту самую безопасную и питательную среду, в которой не нужно смотреть на дверь и вздрагивать при каждом шорохе.

Тебе говорят «люблю» — и ты веришь, а если не говорят — просто знаешь. Потому что эта связь, невидимая, но крепкая, установлена, нить натянута — и вы смотрите в бездонность колодцев друг друга, никогда не допуская даже мысли о том, чтобы сметь туда плюнуть.

Нежность к себе — не вступать в отношения с людьми, способными за секунду превратиться в бешеных. Расторможенные люди, которых корежит под действием момента и без конца кидает из стороны в сторону, — какой-то отдельный космос с сошедшими с орбит планетами, Большой Медведицей, сожравшей Малую, и Млечным Путем, состоящим из одной звезды. Расторможенные отношения — такие же: то свадьба, то поминки, то пляски, то кости, то «видеть тебя не хочу», то «вернись обратно». Будьте внимательны, если такие люди появляются на горизонте и особенно — если хотят войти в близкий круг: они несут разрушение.

Еще один важный момент, о котором хочется рассказать: несмотря на то, что дружба нуждается в постоянной подпитке, это не значит, что она требует ежедневных контактов. Глубокие реки текут неслышно. Есть такая дружба, когда люди встречаются от силы раз в год, но они всегда есть друг для друга — когда бы ни раздался телефонный звонок, он всегда будет принят, дела отодвинуты, время найдено. Редкость встреч здесь не про безразличие, а про отсутствие необходимости в частоте — настоящие друзья и так всегда носят друг друга в сердечном кармане, куда уж ближе.

Когда дружба заканчивается

Есть отношения, затухание которых — настоящая утрата. Как будто от тебя уходит что-то важное, невероятно родное. Такое, что вряд ли уже повторится с кем-то другим. (Да и вообще, «такое» уже точно не повторится — ведь каждая связь уникальна.) Хорошая новость: это не конец света. Плохая: будет больно, но и это со временем пройдет.

Если связь не поддерживать — не писать, не спрашивать, не проявлять инициативу, — она истончается. Тогда на вопрос: «Что у тебя нового?» все чаще хочется ответить: «Да ты и про «старое» не знаешь…» Если при этом вы меняетесь — осваиваете новое, читаете книги, смотрите фильмы, создаете семью или становитесь родителями, — привязанность будет становиться все слабее. В какой-то момент может возникнуть ощущение, что человек уже не «ваш» — сильное ощущение, которое редко бывает ошибочным. А себе всегда нужно верить.

Отпустить человека — не значит непременно удалить его из друзей в соцсетях или еще каким-нибудь отчаянным жестом обозначить, что вам «не по пути». На мой взгляд, такие жесты уместны, если человек вас чем-то сильно обидел и стал для вас «красной тряпкой», напоминающей о болезненном и сложном. Тогда это будет обыкновенной реакцией защиты (и заботой о себе) — не наступать на больную мозоль.

Но совершенно нормально и просто продолжать жить — в одном городе, на одной параллели времени. Видеть посты и чувствовать, как все меньше трогают чужие новости: ну есть и есть; жаль, что закончилось, хорошо, что было.

Ремарк в «Триумфальной арке» писал: «Ни один человек не может стать более чужим, чем тот, кого ты в прошлом любил. Рвется таинственная нить, связывавшая его с твоим воображением. Между ним и тобой еще проносятся зарницы, еще что-то мерцает, словно угасающие, призрачные звезды. Но это мертвый свет. Он возбуждает, но уже не воспламеняет — невидимый ток чувств прервался»[44]. Если вы когда-то были связаны с человеком теплом, а сейчас в отношениях морось, вы можете просто продолжать идти, не заставляя себя тормозить и злиться. Если вам с кем-то стало не по пути, значит, как минимум у вас есть свой путь.

Когда мы меняем работу, то обычно понимаем, почему это делаем. С людьми так же: в отношениях вдруг становится слишком тесно или грустно. Нет того самого «тока», живого, перетекающего, создающего волны тепла. Уходит взаимность, «присутствие» и ощущение «я тебя *вижу*, когда на тебя смотрю».

Возможно, с кем-то вас объединяли обстоятельства, осевшие теперь в ностальгии: «Помнишь, как мы с тобой ныли? Как плакались друг другу? Как пускались в авантюры?..» Но что, если больше плакать не о чем, ныть надоело, а авантюры не привлекают? Нужно понять, что ушла не связь, а обстоятельства, которые питали эмоциями и наполняли, как вода — русло реки. Если появилась потребность в других связях, темах для общения и формах поддержки — это нормально. И совершенно незачем натягивать воспоминания на несуществующую «совместность».

Да, так бывает: лучшие друзья становятся «просто друзьями», друзья — приятелями, приятели — обыкновенными знакомыми. А те, с кем познакомились только вчера, — новыми важными. И в этом много взрослой красоты: разрешать себе и другим меняться, разрешать связям заканчиваться — и идти на сближение там, где ощущается потребность открыться больше, узнать лучше, пойти дальше простого «привет».

В детстве потеря связей кажется концом света —
во взрослой жизни есть множество способов
отпустить с достоинством.

Не «легко», а по-взрослому: признать печаль, прожить благодарность, попросить прощения, если нужно, но не превращать расставание в повод для красочных страданий.

К тому же некоторые связи умеют регенерироваться. Обрастать новой плотью, переживать второе рождение. Знаете, когда двое расстаются, ходят-бродят поодиночке, вращают Землю ногами — а потом случайно снова встречаются и понимают: одними дорогами ходили, есть что рассказать друг другу, интересно послушать. И отношения входят в новую фазу, так же естественно и закономерно, как когда-то сошли на нет.

Мы — живые, отношения — живые, обстоятельства — все время меняются. Сегодня тепло и хорошо вот с этими, а завтра — с другими. Вы (я) — тоже для кого-то только период.

Ну, как есть.

Памятка нежности к себе

1 Договоритесь с подругой или другом о кодовой фразе (например, «Я поныть»): пусть она будет сигналом, что вас сейчас не нужно спасать или утешать, вам нужно выговориться и быть услышанной в безопасном пространстве вашей дружбы. Без осуждения, советов и «А я же говорил(а)!».

2 Не отчаивайтесь, если на данный момент вокруг вас нет людей, которых вы бы с чистым сердцем назвали «своей стаей». Дайте себе и жизни время, чтобы устроить встречу. Пусть нет «своих» — но нет и лишних, непонятных, странных, с которыми не о чем дружить, не про что «петь, пить и плакать». Держите пространство дружбы свободным и не торопите события. Как в поговорке: не зная, чем заняться, займитесь собой — и свет от вашего маяка притянет тех, с кем вам по пути.

3 Цените людей, которые проявляются в вашей жизни как добрые зеркала и обязательно бывайте в этой роли сами. В этом много радости и ресурса, причем для обеих сторон.

4 Отпускайте дружбу, исчерпавшую себя. Разрешайте ей переходить в приятельство или даже в знакомство — не пытайтесь оживить мертвое. Отгорюйте потерю и идите к тем, с кем тепло.

здесь и теперь под размытый аккомпанемент
перелетных птиц, опьяненных внезапной высью,
здесь и теперь наступает такой момент,
когда устаешь от чужих передаренных писем
и начинаешь писать свои...

Ксения Желудова

практика нежности к себе

Вот вы и перевернули последнюю страницу, разделяющую «теоретическую» часть от «практики». Хочется верить, что прочитанное нашло в вас отклик — и старые схемы взаимодействия с собой потихоньку начали меняться. Внутренний критик, возможно, все еще продолжает бубнить о том, что с вами «что-то не так», но его голос стал тише, а влияние — слабее. Вы все чаще становитесь с собой на одну сторону — и бережете свои взгляды, чувства и непохожесть как важные части себя, празднуя их и свою силу.

Теперь самое время приступить к «практике» — марафону нежности к себе, рассчитанному на 31 день.

У вас впереди — условный «месяц», чтобы настроить внутренний камертон нежности и лучше усвоить то, о чем книга. Никакой спешки, двигайтесь в темпе, комфортном для вас: если чувствуете, что хотите побыть в задании несколько дней, а то и неделю, — дайте себе столько времени, сколько нужно.

Единственная рекомендация — не стремитесь прочитать все задания сразу. Пусть каждый новый день будет конфетой, приятным сюрпризом.

Поскольку на протяжении марафона придется составлять много списков, хорошо бы завести под это дело блокнот. Но можно записывать и в электронном виде — в любом удобном для вас приложении.

Если захотите делиться написанным в соцсетях — используйте хэштег *#марафонксебенежно*, так мы точно не потеряемся.

И самое важное: степень публичности регулируйте сами — никто не требует от вас выносить сердце из дома. Будьте бережными к себе.

Марафон прежде всего об этом.

1

О себе — в настоящем времени

Напишите о себе сколько угодно фактов, которые касаются вашего сегодня. Что происходит с вами сейчас, кто вы? Можно говорить о себе из утверждения («Я люблю майонез») или из отрицания («Я не оставляю чаевых»). Например, вот что я могу с ходу написать о себе: «Не крашу ногти», «У меня нет ни одной татуировки», «Держу в голове сотни дней рождения, но крайне редко кого-то поздравляю». Написанное должно быть именно в настоящем времени, то есть фразы вроде «Я совершила кругосветное путешествие» (опыт прошлого) или «Через два года я получу диплом психолога» (еще не состоявшееся будущее) не подойдут. Только здесь и сейчас, вы-сегодня.

Смысл: лучше познакомиться с собой в моменте «сейчас». Иногда мы даже не осознаем, как часто в мыслях о себе нас уносит то в прошлое (воспоминания), то в будущее (фантазии). Суть этого шага — заякориться в «сейчас», потому что именно оно — то, с чем можно работать, на что можно влиять.

2

Капсула запахов

«Пряные травы пахнут землей и небом, домом, к которому ты всегда идешь внутри себя, и морем, которое носишь в сердце. Листок бергамота, если растереть его между пальцами, навевает воспоминания о позднем послеполуденном чае на террасе, когда солнце мягкое, как спелая дыня, — разливает по округе золото, не скупясь, не приберегая на черный день, на еще не известно какое завтра...»[45]

Представьте, что у вас есть возможность оставить для людей будущего свой «портрет», составленный из дорогих вашему сердцу ароматов. «Прочитав», ощутив их, они смогут словно увидеть вас вживую, почувствовать рядом, считать ваш уникальный обонятельный код в архивах памяти.

Подумайте, кому бы вы завещали открыть эту капсулу (в ней каждый аромат будет запечатан отдельно, поэтому будьте спокойны — все ноты проявят себя чисто). Какие запахи будут в ней лежать? Почему?

Смысл: сформировать свою палитру любимых запахов. Это замечательный ресурс для восстановления, к которому можно обращаться, когда силы на исходе.

3

My guilty pleasure

Гилти плеже — это тайная слабость, стыдная любовь к чему-то, страсть, порицаемая большинством людей из вашего окружения, но доставляющая вам огромное удовольствие.

То, что вы обычно делаете, слушаете, смотрите, читаете или едите, когда никого нет рядом, чтобы осудить. При этом вам за это, если быть честными, на самом деле не стыдно. Вам действительно *нравится* это делать — слушать попсу, быть подписанной на десятки кошачьих аккаунтов в инстаграме, пить растворимый кофе на заправках или загибать в книжке уголки страниц.

Составьте список собственных гилти плеже. Подсветите эти грани себя, но без мучительного стыда и неловкости. Позвольте себе старомодную эксцентричность быть собой и не сожалеть об этом.

Смысл: познакомиться с тем, что составляет вашу уникальность, но до этого стыдливо заметалось под ковер.

4

«Мне нужно время подумать»

Нежность к себе проявляется не только в бережном исследовании своих особенностей, но и в признании своего права не давать немедленных ответов. Не считать, что вы обязаны решать что-то вот прям здесь и сейчас, не отходя от кассы, потому что у вас спросили и *ждут*.

«Я действительно хочу это сделать или соглашаюсь по привычке? Куда-то с кем-то пойти, встретиться после работы, помочь с переездом или выбором свадебного платья, стать крестной чьему-то ребенку, поехать вместе в отпуск — я дала себе время подумать и прислушаться к себе или согласилась в ту же минуту?»

Практика этого дня — не соглашаться (или не отказывать) сразу, когда есть хоть малейшая возможность не принимать решение здесь-и-сейчас. Походите с возможным ответом в сердце, покатайте в голове и на языке, прислушайтесь, чем он отзывается в теле — и ощутите его вес, силу и правду для себя.

Смысл: сделать так, чтобы то, что вы говорите, совпадало с тем, что вы чувствуете.

5

Комплимент навсегда

Бывают такие комплименты, которые на года остаются в памяти, потому что были неожиданными, какими-то очень свежими, небанальными, яркими. Вспоминая их, всегда улыбаешься. Они откликаются внутренним теплом и неподдельной благодарностью тем, кто их подарил. Слова становятся рождественской гирляндой: включишь, вспомнишь однажды унылым ноябрьским вечером — и как будто снова волшебства отсыпали.

Задание этого дня — вспомнить самые любимые комплименты, которые вы получали. Не важно, как давно и от кого.

Смысл: дать себе повод улыбнуться и мысленно себя обнять — чьими-то такими верными, такими точными словами, от которых светло.

6

Письмо себе в прошлое

Сегодняшнее упражнение будет на разрыв аорты. Лучше его делать там, где безопасно плакать и не нужно беспокоиться о потекшей туши.

Вспомните себя в том моменте жизни, когда вам было плохо и вы страдали от несправедливости мира. Детство, юность, студенчество — возраст выбирайте сами, но это должно быть на приличном удалении от сегодня, лет 10–20 назад (но если вам нужно утешить себя 5-летней давности, сделайте это).

Возможно, вам сказали какую-то гадость, посмеялись, от вас отвернулись друзья, вас бросил мальчик, не поняли родители, и вы посчитали себя страшной, ненужной и нелюбимой. В общем, какой-то такой момент, когда остро ощущалось, что жизнь — боль, и нет просвета

Представьте себя той девочкой. Она снова спряталась и плачет. Найдите ее, обнимите и скажите все, что ей нужно знать о вас-сегодняшней. Что ее ждет. Как все на самом деле случится-обернется. Какой вы станете. Чего вы добьетесь. Где будете жить. Кого встретите. Если захотите, то можете что-то посоветовать или о чем-то предупредить, но только, пожалуйста, говорите с ней из любви, из самой нежности. Чтобы та маленькая девочка, которой вы были, поверила, что она любима. Что она вырастет. Что она станет сильной. Что мир будет ловить ее — но не поймает.

Что ей обязательно нужно продолжать *быть*, потому что самое важное и интересное — впереди.

Смысл: осознать, что теперь даже в самой сложной ситуации у вас всегда есть вы — добрый взрослый, на которого вы можете опереться. Вы никогда не одни.

7

Счастливая примета

Придумайте свою личную счастливую примету. Что-то, с чего будет считываться: «Если тебе нужен знак, то вот он». Девушка в красной шапке? Сосновая шишка? Листик дерева гинкго?

Любой образ, встретив который в реальности (в рекламе, книжке, разговоре), вы будете знать: все идет хорошо и правильно, вы в нужное время в нужном месте. Это примерно то, о чем я писала в тексте «Осенью можно позволить себе разлюбить»: «Развешивай обереги из перьев оживших птиц, пей зелье из трав, носи браслеты из камня и ветра. Найдя седой волос, говори: это к счастью и очень большим деньгам. Спроси, если хочешь спросить. И жди ответа»[46].

Смысл: мирозданию нужно понимать, через что вам слать воздушные поцелуи.

8

Открытка силы

Попросите человека, которого вы любите и кто давно вас знает, побыть вашим добрым зеркалом и написать вам (именно написать — на открытке, в письме или сообщении), что его в вас восхищает. В чем, на его взгляд, ваша суперсила, ваш дар.

А потом обязательно сами подпишите такую «открытку силы» для кого-то. Главное, чтобы это были слова поддержки, восхищения и любви.

Начните волну.

Смысл: ощутить себя любимой и увидеть, как же прекрасно ваше отражение в людях — добрых зеркалах.

9

Магазинчик

Если бы вы были владелицей маленькой волшебной лавки где-нибудь в укромном уголке мира, что бы вы продавали? Единственное условие — очень узкая специализация. Например, не «все для дома», а только подушки. Или ножи ручной работы. Или антикварные часы.

В чем была бы фишка вашего товара? Где бы находился магазинчик? Как бы он выглядел внутри и чем бы расплачивались с вами покупатели? Запишите куда-нибудь свои фантазии.

Смысл: текст, который вы напишете, может многое рассказать о том, что вы любите и в чем для вас смысл: какие вещи вас привлекают, что вы считаете ресурсом и чем бы хотели делиться с другими.

10

Ничего лишнего

Практика сегодняшнего дня — отвечать только на заданный вопрос. Особенно если чувствуете, что вопрос с подковыркой и вас хотят заставить оправдываться. Если вопрос даже на вопрос не похож, а так, риторический выстрел в воздух, — разрешите человеку высказаться, но не принимайте на свой счет. В конце концов, если от вас хотят что-то узнать, пусть не сочтут за труд напрячься, подумать и сформулировать, что именно им от вас нужно. Не облегчайте сегодня жизнь лентяям. Заодно и к себе присмотритесь — а как задаете вопросы вы?

Смысл: практика ясной коммуникации. Цель — научиться слышать вопрос, а не чувства, которые он вызывает. Последние важно осознавать, но не обязательно использовать в ответе.

11

Письма городу

Побудьте сегодня ангелами города, в котором живете. Оставьте послание, которое вам самим было бы приятно получить. Записка, подброшенная в книгу на полке посткроссинга, стикер в ячейке камеры хранения в магазине, надпись маркером поверх старого объявления на столбе — отправьте короткую нежную телеграмму и будьте уверены, что ее прочтет именно тот, кому она будет нужна как воздух. Как добрый знак, что все случится и получится. Как дружеское объятие незнакомого человека, в котором тепло, как дома.

Смысл: сделать так, чтобы в этом мире стало чуть уютнее и теплее.

12

Моя воображаемая тату

Пофантазируйте, какую татуировку вы бы сейчас себе сделали. Если вы категорически против даже воображаемой татуировки, представьте, что бы вы нанесли себе на футболку (а если терпеть не можете футболки с картинками, визуализируйте свой экслибрис — художественно выполненную печать, удостоверяющую владельца книги). Главное, чтобы изображение или фраза были концентратом того, кто вы сейчас, отражали вашу философию и взгляд на мир из данного момента. Не думайте о том, как кто к ней отнесется, — она будет невидимой для других, видеть ее сможете только вы.

Что это будет?

Смысл: сформулировать свою главную ценность на данный момент, свой смысл «на сегодня».

13

Найдите слова

Сегодня попробуем отследить, чем на самом деле вам откликаются чужие картинки и мысли ваших друзей в соцсетях, и найти слова, максимально точно отражающие это эхо.

Задание дня — не прятаться за смайликами и лайками, а постараться передать то, что вы чувствуете словами. Когда захочется привычно завершить фразу в мессенджере смайликом, спросите себя: *зачем*? Что именно я сейчас чувствую и о чем хочу просигнализировать собеседнику?

Вместо смайлика с сердечками в глазах отправьте ваши истинные чувства: «Я любуюсь тобой», «Не могу оторвать глаз», «Божечки, я влюбилась». Вместо рожицы с ручьями слез вербализируйте вашу грусть: «Мне сейчас так погано, что хочется бахнуть рюмку чая, спрятаться под одеяло и не вылазить еще лет сто». Позвольте вашей злости быть злостью, а не гневной рожицей в фейсбуке, а вашей нежности — быть словами, а не виртуально обнимающим медведем.

Смысл: осознать эмоции, которые вы прячете за смайлами в переписке и лайками в соцсетях.

14

Варежка нежности

Идею для этой практики я подсмотрела в книге сербского писателя Горана Петровича «Атлас, составленный небом»[47]. Герои романа раз в год делают талисманы от злых духов, чтобы отгонять беду и грустные мысли. «Рецепт» этого защитного амулета поражает красотой и сложностью. Необходимо смешать: меньший круг из тех, что описывает стрекоза на поверхности воды; щепотку нежности цветочной пыльцы; вечный запрет оборачиваться; столько снежинок, сколько может поместиться на длинных ресницах; слов любви в таком количестве, какое уместится во рту; ноздрю запаха душицы; по хорошему вдоху всех четырех ветров; на глазок разноцветной пыльцы дневной бабочки; зернышко шуршания скарабея; много смеха, которого никогда не много; нанизанные на нитку поцелуи; широкий взмах букетом базилика и еще 39 элементов (заинтересовавшихся отсылаю к книге, там перечислены все).

Мне так понравилось описание этого «таинства», что я тоже решила создать нечто подобное, сложив в детскую рукавичку сына 21 волшебный «ингредиент», среди которых — вишневая косточка, морская соль, щепотка мяты, зола, колючка чертополоха, кусочек сосновой коры, карпатские травы, корица, ромашка, анисовые звездочки и льняное семечко. Я сознательно подбирала такие элементы, которые не портятся и не гниют. Пришлось покопаться в шкафчике со специями и прогуляться в лес. Это было такое вдохновляющее, такое ресурсное действо!

Задание этого дня — создать свою «варежку нежности». Чем вы захотите ее наполнить? С какими добрыми значениями связать каждый ингредиент? (Например, я решила, что вишневая косточка будет символизировать мою упертость в следовании мечтам, а кусочек сосновой коры — мое «непобедимое»).

Смысл: создать собственный талисман нежности и получить огромное удовольствие от процесса.

15

«Это в мою честь»

Что бы сегодня ни происходило приятного, мысленно говорите себе: «Это в мою честь». Увидели на улице огромный билборд со словами «Я люблю тебя»? Это в вашу честь. Кто-то запустил вечером салют? В вашу честь, конечно же. Начальство расщедрилось и разрешило всем уйти на полчаса раньше? Какое счастье, что у них есть вы!

Все, что будет сегодня вызывать улыбку или радовать, все победы и достижения, о которых говорят в новостях, все свидетельства чудесных спасений и невероятных историй, о которых вы сегодня услышите, — в вашу честь. Просто потому что вы есть — и мир таким образом вам салютует.

День абсолютного внутреннего тщеславия без угрызений совести и вины.

Смысл: сделайте это ради новизны ощущений. Салютовать самой себе непривычно, но стоит того, чтобы попробовать.

16

«Мне бы хотелось, чтобы от меня не хотели...»

День работы с чужими ожиданиями. Переберите в уме окружающих вас людей и сформулируйте, какие их ожидания насчет вас вам не нравятся. Что вы ощущаете как бремя?

Суть задания — не разжечь огонь бунта, а заметить глубокие течения недовольства. То, что вы наверняка ощущали как непонятное внутреннее сопротивление, но не облекали в слова, а заметали под ковер, проглатывали, старались не видеть.

Понимая, чего от нас ждут, и осознавая, что мы не в состоянии на этот запрос ответить, мы признаем свое право не совпадать с чужими ожиданиями и решать, что с этим делать — менять ситуацию или менять себя.

Смысл: вывести из тени негативные чувства, дать им пространство для проявления. Обнаружив то, что незаметно подъедало вас изнутри, вы пошатнете идеальный образ себя, но обретете шанс стать устойчивее и сильнее.

17

«Я не знаю»

Не бойтесь отвечать сегодня «не знаю», если ответа на вопрос у вас нет. Не важно, кто будет спрашивать — начальник, супруг, мама, ребенок или прохожий на улице. Не надо пытаться изобразить «веселую и находчивую» — вы действительно имеете право чего-то не знать. Мир от этого не замрет в немом ужасе (как вы могли его так подвести, он же на вас рассчитывал!), небо не свалится на землю. Разрешите себе сегодня не бороться за звание лучшего специалиста в своей области, лучшего родителя и работника года. Разрешите себе не знать — и спокойно пользоваться фразой «Я не знаю». Вы погуглите об этом завтра.

Смысл: убедиться, что от вашего незнания мир не рухнет, — вам незачем тратить силы на создание репутации человека, у которого на все есть ответ. Это тяжелое бремя.

18

История моего тела

Сегодня я предлагаю ближе познакомиться со своим телом. Чувства благодарности, благоговения или восторга подключать не обязательно (они могут возникнуть в конце дня, но имитировать их не надо, упражнение не об этом). Попробуйте сегодня «прочитать» свое тело, не оценивая и не осуждая, не отходя от текста, — а только то, что написано, буква за буквой, и добавляя в конце каждого предложения: «Все — *мое*».

«Вот шрам от кесарева, над ним нависает живот. Все — *мое*. Вот след от прививки в детстве, а вот синяк, ударилась об угол стола в пятницу. Все — *мое*. Вот седые волосы. Вот морщины. Вот растяжки, появились после беременности. Все — *мое*. Вот косточка на пальце. Вот мозоль от новых туфель. Вот выпирающие вены. Все — *мое*».

Не надо про «лишние» килограммы или «слишком тонкие» губы — это уже оценка. А это просто губы. Возможно, верхняя губа чуть полнее нижней. Не сравнивайте себя, не оценивайте, не осуждайте — читайте как есть, от родинки к родинке, не пропуская «скучные» места. Не заставляйте себя что-то при этом чувствовать или «принимать себя». Можете не принимать, вы от этого не станете хуже. Главное — читайте. Вспоминайте, откуда что взялось; напоминайте, что это история вашего тела; помните: все — ваше.

Смысл: окунуться в мир собственной телесности. Мы не бесплотные создания — у нас есть тело, а у него — история.

19

Меня разочаровало...

Посвятите сегодняшний день составлению списка того, что вас разочаровало — недавно или сто лет назад. Люди, поступки, фильмы, книги, еда, публичные личности. Какие высказывания подтолкнули к тому, чтобы отписаться от человека? Чем был плох нахваливаемый другими ресторан? Общение с кем перестало вас радовать?

Разрешите себе отказаться от идеи «Наверное, это я чего-то не поняла». У вас действительно есть право ничего не ощущать там, где другие замирают от восторга. Это нормально.

Смысл: признать за собой право менять свои представления и первые впечатления без страха показаться непоследовательной или ветреной.

20

Мой голод

Этот день посвятите тому, чтобы осознать свой голод по чему-либо. Не в физическом смысле, а в ментальном. По чему вы голодны? По смеху до колик? Дням, когда можно принадлежать только себе? Разговорам по душам с другом в маленьком темном баре? Объятьям? Словам «Я тебя хочу»? Громкому плачу навзрыд? Страстным скандалам? Вдохновляющему обучению? Путешествиям? Флирту? Хорошим книгам, которые не отпускают до последней страницы? Чувству финансовой безопасности?..

Составьте свой «голодный список». Помощником в определении голода может служить зависть. Может оказаться, что вы завидуете не конкретной вещи или чужой удаче, а чувствам, стоящим за ними.

Смысл: зная свой голод, понимаешь, какую «пищу» искать, а от этого зависит, куда именно за ней идти — в отдел любви, самореализации или к полкам с острыми ощущениями.

21

Мое индейское имя

Не так давно папа рассказал, как мне досталось имя Оля. «Вообще-то я шел тебя регистрировать как Настю, но когда я заполнял необходимые бумажки, там в образце было написано «Ольга»... И я подумал: ну а что, хорошее имя. Наверное, не зря привели в пример». Так что меня назвали в честь бланка-образца. Кто знает, может быть, это объясняет, почему в моем поколении так много Оль.

Задание этого дня — подумать, как бы вас могли звать, родись вы в индейском племени где-нибудь давно и далеко. Это должно быть что-то поэтичное, образное, не от мира сего. На сколько угодно слов. Например, «Та, чьи сны похожи на остановленные часы» или «Ветер, баюкающий дыхание леса». Прислушайтесь к себе — и отпустите фантазию на волю.

Получилось? Побудьте в этом имени какое-то время, подержите его внутри. Представьте, какие истории о вас рассказывали бы вашим детям и внукам — что умела женщина с таким именем, чем отличалась от остальных, какое волшебство в себе носила...

Если индейская тема вас совершенно не вдохновляет, то попробуйте сделать следующее. Представьте, что за огромным теплым костром сидят все женщины вашего рода. Каждая по очереди берет слово и говорит о себе лишь одну фразу. Она начинается со слов: *«Я та, которая...»*

Как бы продолжили ее вы?

Смысл: упражнение может помочь сформулировать вашу миссию на данный момент (как бы пафосно это ни звучало) и нащупать Большой Смысл в своем настоящем (особенно когда кажется, что его нет).

22

Место силы

Задание этого дня — представить себе свое место силы, свой личный край света, где можно наполниться и восстановиться, просто закрыв глаза. Практикуя погружение в эту мысленную картинку, вы удивительным образом обогащаете свой чувственный опыт, возвращаетесь отдохнувшими, успокоенными, с сердцем, наполненным светом, будто по нему Боженька голыми ножками пробежал. Словно тело действительно все ощущало — нос вдыхал, уши слышали, пальцы трогали, глаза видели: запах клубники, плеск воды, белый шершавый камень, витиеватый узор марокканской плитки. Все было по-настоящему — даже если не было никогда. В конце концов, если тело умеет так тонко чувствовать, а мозг — представлять, грех не использовать это в моменты, когда реальность сужается до какого-нибудь темного холодного ноября: лужи глубоки, дожди бесконечны, выходить никуда не хочется и даже лежится в сторону мечты с каким-то невероятным трудом.

Итак — что это за место? Как оно выглядит? Какие звуки там слышны, какими ароматами наполнен воздух?

Почему вам там хорошо?

Не нужно сравнивать эту картинку с реальной жизнью и расстраиваться, что последняя проигрывает по насыщенности и краскам. Все с вашим настоящим нормально, оно такое, какое есть, каким *может* на данный момент быть — иногда скудным, иногда скучным, но не неправильным.

Смысл: если вам хочется почувствовать что-то другое, просто *нафантазируйте себе это что-то другое и почувствуйте* — а резкие движения пусть дождутся четкого плана.

23

Своя стая

Люди с какой энергетикой вам симпатичны, какие черты внешности, манеры поведения или речи вас притягивают? Может быть, у симпатичных вам людей есть схожесть в социальном статусе или бэкграунде? Что в них сразу вас цепляет, делает неслучайными, особенными? Кого вы с ходу опознаете как своих, с которыми вы легко сойдетесь и поладите, и кого хочется удержать в своем поле если не навсегда, то как можно дольше? Поразмышляйте, из каких людей состоит ваша «стая». Вспомните, как эти люди пришли в вашу жизнь. Почему вы дорожите вашими отношениями — а главное, что делаете, чтобы их питать и развивать.

Смысл: осознать, что если такие удивительные люди есть в вашей стае, значит, и вы обладаете теми качествами, которые вам так нравятся в других. Это очень вдохновляет.

24

Радиостанция имени меня

Что бы происходило в эфире радио, предназначенного только для вас? Представьте, что вы включаете приемник — на кухне или в машине, — и все, что звучит на FM-волне, создано специально под ваши запросы. Какая бы музыка там играла? Были бы там ведущие? Что бы они говорили? Чьими голосами? А какими были бы прогнозы погоды? Что еще звучало бы в эфире? Сводки последних снов? Приветы от людей из прошлого? Веселые сплетни о знакомых? Мотивирующие цитаты?

Смысл: прояснить, чего вам сейчас не хватает, какого рода радости, каких новостей. А зная, что вам нужно, вы можете придумать, как себе это дать.

25

Стена славы

Задание на сегодня — завести в телефоне папку, куда вы будете складывать скрины всех хороших слов о себе, которые прочитаете в переписке или получите вместе с письмом по электронной почте. Положительные отзывы о своей работе — сюда же. Любой текст, в котором вас хвалят, благодарят, где вами восхищаются (даже если это будет непечатное слово, выражающее крайнюю степень восторга и сказанное от души).

Перечитывайте поддерживающие слова, опирайтесь на них, используйте как возможность остановить падение, когда кажется, что все неправильно и жизнь не удалась.

Смысл: завести хорошую привычку регулярно пополнять папку добрых слов — и заглядывать в нее в минуты сомнений в себе и разочарований в людях. Ваша жизнь гораздо больше, чем один плохой день.

26

Семена

Посадите сегодня что-нибудь. Если за окном весна или лето, купите семена и бросьте в землю на улице. Если за окном холода — посадите в стакане рукколу или воткните в горшок с фикусом семечко от лимона. Или апельсина. Или авокадо. Или яблока.

Совершенно не важно, что именно вы посадите и где, — это может быть каштан или семя, выпавшее из еловой шишки. Да хоть гречишное зернышко! Главное, чтобы вы ощутили ту непередаваемую магию момента, когда вы даете чему-то шанс продолжиться, прорасти, вырасти, увидеть солнце.

Смысл: испытать кайф, видя, как из земли проклевывается что-то зеленое и нежное — и все благодаря вам!

27

Без-воз-мезд-но, то есть даром!

Задача этого шага марафона — отдать что-нибудь ненужное. Дать вещи надежду на новую жизнь. Почувствовать, как физически станет легче дышать, как освободится пространство — пусть на самую малость, но уже кое-что. Смысл задания не в количестве выброшенного, а в символизме жеста: убрать из жизни хотя бы одну вещь, которая в ней не нужна. Из которой вы выросли. Смысл которой больше не ценность для вас.

Используйте любой удобный для вас способ — чат с соседями, сообщество «Отдать даром», соцсети. Как показывает практика, добротная вещь находит нового благодарного хозяина за считанные часы.

Смысл: освободить место для нового и подарить вещи вторую жизнь (а кому-то — радость).

28

29 февраля длиной в год

Представьте, что у вас есть год в запасе, когда вы сможете делать что хотите. Вам не нужно беспокоиться о деньгах — они в безлимитном доступе у вас на карточке. А в паспорте — годовая виза в любую страну мира. Вернее, во все — и неограниченное количество раз. У вас есть год неучтенного времени, которое никак не скажется ни на карьере, ни на важных для вас связях.

Что вы будете делать? Куда поедете? Что себе купите? Навстречу каким приключениям отправитесь? (Вариант «буду год сидеть дома и спать» тоже годится!)

В вашей фантазии могут участвовать другие люди. Но когда год закончится, помнить о том, что происходило, будете только вы.

Итак — что вы будете делать?

Смысл: осознать ваши истинные потребности и желания.

29

«Я тебе доверяю»

Это день на прокачку доверия к самой себе. Если начнете сегодня сомневаться в своих способностях или оценках, скажите себе: «Все хорошо, я тебе доверяю». Пусть это будет обращение к своей сути. Той, которая внутри и знает все ответы.

Почувствуйте сегодня доверительную сонастройку с собой. Поверьте, что вы все делаете правильно, вовремя и наилучшим образом. Ощутите это глубинное чувство расслабления: не надо оглядываться, просчитывать, озираться по сторонам. «Все хорошо, (назовите себя по имени), я тебе доверяю».

Смысл: взять себя за руку и почувствовать, как это здорово — верить себе.

30

«Что вырастет, если посадить твое сердце в землю?»

Этот вопрос я встретила у Карен Бенке в книге по развитию писательского воображения[48] и с тех пор люблю задавать его в разговорах с людьми.

В предпоследний день марафона попробуйте ответить на него и вы.

Уверена, это будет что-то прекрасное.

Смысл: лучше понять, для чего вы в этом мире.

31

Итоги. Обещание себе

Последнее задание марафона — попробовать сформулировать то новое, что удалось о себе открыть в процессе. Как изменилось отношение к себе за это время (если изменилось)? Что вы возьмете из этого марафона в свое завтра, какое обещание себе дадите?

Подарите себе какую-нибудь памятную вещицу (брошь, браслет, брелок на ключи, чашку, керамическую фигурку, что угодно), при взгляде на которую вы будете вспоминать, как тренировали мышцу нежности к себе — чтобы не забывать делать это снова и снова.

Без марафонов, просто так.

И как можно чаще.

...когда первый луч вгрызается в темноту,
он, кажется, оставляет на коже след.
если вглядеться в звенящую высоту,
можно увидеть, что высоты нет.
бог постоянно транслирует красоту,
по слогам передает ответ:

стоит однажды решиться на пустоту,
чтобы тебя заполнил чистейший свет.

Ксения Желудова

нежное

важное

Я очень надеюсь, что эта книга поможет тем, кто привык больше опираться на мнения и оценки окружающих, чем на собственные, и с трудом воспринимает идею о том, что себе можно верить. Мне хотелось бы, чтобы книга вдохновила вас на здоровые отношения с собой — полные уважения, смелости предъявлять себя миру и искренней веры в свою «хорошесть», свою нормальность.

Однако все это с оговоркой, что состояние вашего психологического здоровья на текущий момент не вызывает вопросов. Меньше всего я хочу невольно поддержать своей книгой бодрый, но вредный стереотип «разберись с головой, и все у тебя в жизни наладится» — в тех случаях, когда трудность человека лежит вовсе не в плоскости «головы». Ошибки мышления и химический дисбаланс в теле — это разные вещи и разные по серьезности последствия.

(Истории флешмоба *#удепрессииненелица* в фейсбуке — горькие свидетельства отчаянной борьбы в одиночку с тем, что победить самостоятельно невозможно.)

Если у вас депрессия или иные расстройства психики или развития (биполярное или обсессивно-компульсивное расстройство, неврастения, фобии, алкогольная или наркотическая зависимость, расстройства аутического спектра и др.) — это поможет диагностировать врач. Нежность к себе в этом случае — принять как факт, что с вами не все в порядке и вам нужна помощь. В этом нет ничего стыдного. Если у вас рваная рана руки, будь вы хоть семи пядей во лбу, вы не зашьете ее сами.

Обращаться к психологу или психотерапевту стало обычной практикой. Человек, проходящий психотерапию, сегодня вызывает уважение, а не удивление, и даже зависть — тем, что умеет слышать себя, свои потребности и не остается наедине с тревожащей ситуацией. Помните: проблемы, с которыми вы сталкиваетесь, возникли не вчера, они не настолько уникальны, как вам кажется, когда вы стоите со своей бедой посреди голого поля и на многие мили вокруг ни огонька. Вы не одни.

То, что представляется вам сейчас непреодолимым, на самом деле имеет решение. Инструменты есть — идите к людям, которые умеют ими пользоваться. Вы не обязаны сражаться с мраком в одиночестве — у специалистов есть спички, фонари, факелы и маяки вам в помощь.

Пожалуйста, берегите себя — и не бейтесь за себя в одиночку, если чувствуете, что вам не хватает сил.

все свое носи с собой, не прихватывая ни лишнего, ни чужого;
помни: не принятое в расчет возвратится снова и снова;
если играешь — играй в открытую, закатывай рукава;
и не вздумай молчать о важном, ибо воздастся каждому
по невысказанным словам.

Ксения Желудова

нежное
спасибо

В конце октября 2019 года я вдруг почувствовала странное непреодолимое желание устроить в фейсбуке марафон нежности к себе. Ничего подобного я никогда раньше не делала, но идея билась во мне и не давала спокойно жить. «Значит, зачем-то мне это нужно и нужно именно сейчас», — подумала я, разработала задания и запустила трехнедельный марафон «К себе нежно».

Спасибо всем, кто тогда к нему присоединился — выполнял задания, помечая хэштегом *#ксебенежно*, и делился написанным. Было ощущение, что марафон пустил большую теплую волну. Такие разные, мы оказались удивительно похожими в мелочах, обнаружили общий опыт детства, одинаковые моменты переживания счастья и своей уязвимости.

Чтобы собрать все задания марафона в одном месте, я завела для него аккаунт в инстаграме — *@k_sebe_tak_nezhno*.

А через две недели после окончания марафона мне написала редактор издательства «Бомбора» Юля Бушунова и предложила написать книгу о нежности к себе. Это был день, когда я прыгала до потолка.

Хочу сказать огромное спасибо маме с папой, которые помогали с Назаром — моим сыном — в эти долгие месяцы работы над книгой. Я понимаю, что для них это просто рутинное общение с внуком, — они не забирали его «специально», а просто потому что могли и хотели, — но для меня это было время, когда за два дня в работе над рукописью удавалось продвинуться дальше, чем порой за месяц.

Спасибо мужу Саше за поддержку и терпение, когда мне уже хотелось все бросить и уйти в лес (и здесь я не только про писательство). Мне очень повезло иметь такого напарника по жизни и родительству, как ты. Я не перестаю удивляться твоей силе. Люблю тебя и вновь и вновь повторяю: спасибо.

Спасибо питерской поэтессе Ксении Желудовой, чье творчество я много лет нежно люблю. Строки из твоих стихов украсили эту книгу.

Спасибо моим бета-ридерам — Тане Стрига, Оле Демидюк, Юле Вершок, Люде Матусевич, Оле Бардиян. Ваша обратная связь помогала лучше понять, чем отзывается написанное, где следует переформулировать, что добавить.

Спасибо моим соседям по деревне за душевные разговоры друг у друга в саду и взаимовыручку (особенный теплый привет Лене Денисенко и Кате Малиновской). Я очень люблю место, где я живу, и людей, которые рядом. Вы удивительные.

Огромная благодарность психологу Павлу Зыгмантовичу за профессиональную экспертизу и замечательный опыт многолетних совместных эфиров программы «Психология навынос» на TUT.BY-ТВ — они во многом повлияли на то, как я думаю и во что верю.

Спасибо Диме Лаевскому за надежный дружеский тыл и помощь в важных для меня вопросах, связанных с книгой.

Нежнейшее спасибо всем подписчикам аккаунта @k_sebe_tak_nezhno — ваша поддержка и вера в то, что такая книга нужна, — бесценна.

И, конечно же, нежное спасибо профессиональной команде «Бомборы»: редактору Юле, корректорам Наташе Сусловой и Полине Завирухе, худреду Оле Сапожниковой и каждому, кто помогал моей книге увидеть свет.

Я посвящаю эту книгу всем, кто выбирает себя — спустя много-много лет других выборов. Кто учится быть с собой на одной стороне, доверять своим чувствам, глубоко дышать и танцевать в ритме собственного сердца.

Потому что это важно — и очень красиво.

Ольга Примаченко

июнь 2020

ты знал, но забыл, как всегда забывают простое;
теперь свободен, теперь иди и не знай простоя,
не удивляйся: эти удобные сапоги
с твоей ноги.

а дорожной сумкой пусть тебе станет память;
сам догадаешься, что нужно в ней оставить,
чтобы идти из пустыни своей к реке
налегке.

Ксения Желудова

книги,

которые

вдохновляют

Я очень люблю читать. Книги — это, наверное, моя главная любовь в жизни после семьи. И поскольку ко мне часто обращаются читатели за рекомендациями, что почитать на ту или иную тему, я решила составить три списка дружественных теме нежности книг — по саморазвитию, дружбе с телом и родительству, а также список любимой художественной литературы.

С каждой из этих книг я провела чудесные часы, делая пометки, выделяя маркером особо понравившееся места и приклеивая на страницы разноцветные закладки.

Надеюсь, вы получите от чтения не меньшее удовольствие — и мы совпадем по любимым страницам.

Нежно к себе

Книги, которые помогут лучше разобраться в себе и отношениях с другими, наладить мир внутри себя, очистить пространство для нового, залечить старые раны и напитаться вдохновением, чтобы двигаться дальше. Читать, если есть запрос на перемены, работу с травматичным опытом прошлого или потребность понять, чего вы хотите (и как это получить).

Азарнова А. Если с тобой трудно: «слепые пятна» личности и внутренние конфликты. — М.: АСТ, 2010.

Битти М. Спасать или спасаться? Как избавиться от желания постоянно опекать других и начать думать о себе / перевод Элеоноры Мельник. — М.: Эксмо, 2020.

Бренчер Х. Если ты найдешь это письмо... Как я обрела смысл жизни, написав сотни писем незнакомым людям / перевод Элеоноры Мельник. — М.: Издательство «Э», 2018.

Гибсон Л. Взрослые дети эмоционально незрелых родителей / перевод Елены Терещенковой. — Нижний Новгород: Издательство Елены Терещенковой, 2018.

Готтлиб Л. Вы хотите поговорить об этом? Психотерапевт, ее клиенты и правда, которую мы скрываем от других и самих себя / перевод Н. Бабиной. — М.: Бомбора, 2020.

Долганова А. Мир нарциссической жертвы: отношения в контексте современного невроза. — СПб.: ИГ «Весь», 2019.

Зотова Ю., Летучева М. Все дело в папе. Работа с фигурой отца в психологическом консультировании. — М.: Класс, 2018.

Зыгмантович П. Психология навылет. М+Ж. 6 секретов счастливых отношений от самого категоричного психолога в мире. — М.: АСТ, 2018.

Кингма Д. Разрыв: почему заканчиваются отношения и как пережить расставание / перевод Анны Степановой. — М.: АСТ : Астрель, 2005.

Крэбб Т. БезУмно занят. Как выбраться из водоворота бесконечных дел / перевод Ксении Артамоновой. — М.: Альпина Паблишер, 2015.

Ламотт Э. Птица за птицей. Заметки о писательстве и жизни в целом / перевод Марии Сухотиной. — М.: Манн, Иванов и Фербер, 2019.

Линдберг Э. Подарок моря. Как вернуться к себе и жить просто / перевод Александры Кардаш. — М.: Манн, Иванов и Фербер, 2014.

Лихи Р. Победи депрессию прежде, чем она победит тебя / перевод О. Шиловой. — СПб.: Питер, 2020.

Лихи Р. Техники когнитивной терапии / перевод А. Соломиной. — СПб.: Питер, 2020.

Лэнгле А. Жизнь, наполненная смыслом. Логотерапия как средство оказания помощи в жизни / перевод Я. Дюковой. — М.: Генезис, 2018.

Максимова А. Из депрессии. Выход рядом. — М.: Манн, Иванов и Фербер, 2020.

Манухина Н. Инструменты краткосрочной практики. — М.: «Класс», 2019.

Михайлова Е. Я у себя одна, или Веретено Василисы. — М.: Класс, 2010.

Нагоски Э., Нагоски А. Выгорание. Новый подход к избавлению от стресса / перевод Антонины Лаировой. — М.: Манн, Иванов и Фербер, 2019.

Носова М. Злая критика: психология правильных реакций. – Ростов н/Д: Феникс, 2020.

Пирумова Ю. Хрупкие люди: [тайная дверь в мир нарциссов]. – М.: Эксмо, 2020.

Пыжьянова Л. Разделяя боль. Опыт психолога МЧС, который пригодится каждому. — М.: Никея, 2020.

Рублева Ю. Девочка и пустыня. Азбука развода от Я до Он. — М.: АСТ; Владимир: Астрель, 2009.

Сигитова Е. Рецепт счастья. Принимайте себя три раза в день. — М.: Альпина Паблишер, 2019.

Стрип П. Нелюбимая дочь. Как оставить в прошлом травматичные отношения с матерью и начать новую жизнь / перевод Натальи Колпаковой. — М.: Альпина нон-фикшн, 2020.

Хлебова В. PRO-ЖИВИ. Чувства. Отношения. Любовь. — СПб.: Питер, 2018.

Хлебова В. Быть жертвой больше не выгодно. Записки экзистенциального психолога о людях, отношениях и о себе. — М.: ИОИ, 2016.

Хлебова В. От невежества к многообразию. — М.: ИОИ, 2016.

Холлис Дж. Душевные омуты. Возвращение к жизни после тяжелых потрясений / перевод Валерия Мершавки. — М.: Когито-Центр, 2006.

Холлис Дж. Обретение смысла во второй половине жизни: как наконец стать по-настоящему взрослым / перевод Е. Бондаренко. — М.: Когито-Центр, 2017.

Шер Б. Лучше поздно, чем никогда. Как начать новую жизнь в любом возрасте / перевод Алики Калайды. — М.: Манн, Иванов и Фербер, 2016.

Эстес К. Бегущая с волками. Женский архетип в мифах и сказаниях / перевод Татьяны Науменко. — М.: София, 2017.

Нежно к телу

Книги о том, как перестать воевать с собственным телом и начать с ним дружить. Новый дивный мир литературы, авторы которой не призывают уматывать себя в спортзале или считать калорийность всего, что попадает в рот, а предлагает относиться к себе с сочувствием и пониманием, и вместо того, чтобы себя ругать, бережно исследовать психологические причины — от кого или от чего мы защищаемся лишним весом и почему вообще возникает навязчивое желание худеть (а также какую роль во всем этом играет общество).

Броуд Э. Руководство по мудрости тела. Что нужно знать вашему разуму / перевод Евгении Жарковой. — СПб.: Весь, 2019.

Ван дер Колк Б. Тело помнит все. Какую роль психологическая травма играет в жизни человека и какие техники помогают ее преодолеть / перевод Ивана Чорного. — М.: Эксмо, 2020.

Вульф Н. Миф о красоте. Стереотипы против женщин / перевод Анастасии Графовой, Татьяны Графовой. — М.: Альпина нон-фикшн, 2018.

Кениг К. Правила нормального питания / перевод Ж. Шлайтайте. — Минск: Попурри, 2012.

Король К. Дружу с телом. Как похудеть навсегда, или СТОП ЗАЖОРЫ. — М.: Эксмо, 2019.

Лапина Ю. Тело, еда, секс и тревога. Что беспокоит современную женщину. Исследование клинического психолога. — М.: Альпина нон-фикшн, 2018.

Ле Шач Э. Я больше никогда не буду толстой / перевод А. Бродоцкой. — М.: АСТ, 2014.

Макгрегор Р. Когда здоровое питание вредит: Орторексия / перевод Натальи Камышниковой. — М.: Альпина Паблишер, 2018.

Митчелл Э. Вкусный кусочек счастья. Дневник толстой девочки, которая мечтала похудеть / перевод А. Захарова. — М.: Издательство «Э», 2017.

Рос Д. Еда — не проблема! Как оставаться в мире с собой и собственным телом / перевод А. Сотниковой. — М.: София, 2012.

Трибол И., Реш Э. Интуитивное питание: новый революционный подход к питанию: без ограничений, без правил, без диет / перевод П. Шевцова, А. Кузнецовой. — М.: АСТ, Прайм, 2016.

Шнаккенберг Н. Мнимые тела, подлинные сущности. Преодоление конфликтов идентичности с внешностью и возвращение к подлинному Я / перевод Георгия Еремина. — Калининград: Phoca Books, 2017.

Нежно к себе как к родителю

Терпеть не могу книги, которые с первых страниц пытаются научить меня «быть мамой» и предписывают, что делать и какие (в норме) чувства испытывать. Мне совершенно не интересно и не важно, «как надо». В «родительских» книгах я ищу человеческое тепло и личный опыт. Следующие книги — мои любимые по теме родительства: теплые, живые, поддерживающие.

Искренне рекомендую их всем, кто на пороге, в процессе или в начале своего родительства. Впрочем, я смело рекомендую их вообще всем взрослым, потому что у каждого из нас был опыт детства, и если посмотреть на него глазами родителей, можно очень многое увидеть и «прочувствовать» по-другому — с куда более широкими углом обзора и перспективой.

Бойдек Е., Варанд М. #Я — мама, и я хочу на ручки. Ответы на вопросы, которые сводят родителей с ума. — М.: АСТ, 2017.

Бурмистрова Е. Приручить дракона. Гнев в семье. — М.: ДАРЪ, 2019.

Быкова А. Секреты спокойствия «ленивой мамы». — М.: Издательство «Э», 2018.

Ефимкина Р. Как дела? — Еще не родила! Возможности психотерапии в исцелении бесплодия. — М.: Класс, 2016.

Изюмская А., Куусмаа А. Мама на нуле: путеводитель по родительскому выгоранию: история нуля, теория выгорания, практики самопомощи. — М.: Самокат, 2017.

Ле Шан Э. Что делать, если ребенок сводит вас с ума / перевод Е. Бодровой. — М.: АСТ, 2019.

Макнамара Д. Покой, игра, развитие. Как взрослые растят маленьких детей, а маленькие дети растят взрослых / перевод Н. Шестаковой. — М.: Ресурс, 2017.

Олейник М. Беременность. Роды. Первый год жизни. Ответы на самые важные вопросы будущей мамы. Разговор с доулой. — М.: АСТ, 2016.

Осорина М. Секретный мир детей в пространстве мира взрослых. — СПб.: Питер, 2017.

Петрановская Л. Большая книга про вас и вашего ребенка. — М.: АСТ, 2017.

Художественная литература

И напоследок — список из любимых книг художественной литературы. Читая их, я и смеялась, и плакала, и радовалась, и горевала. После некоторых — долго-долго ходила под впечатлением, не имея сил взяться за следующую книгу, не желая перебивать послевкусие.

В этом списке собраны очень разные книги: есть и тяжелые, где сюжет на разрыв аорты, и легкие, почти медитативные, прозрачные, как холодный осенний воздух. Я собрала книги о жизни и смерти, любви и ненависти, вере и предательстве, поиске духовного пути и философии выбора.

Итак, если бы вы пришли ко мне в гости, подошли к полкам моей библиотеки и сказали: «Оля, так хочется почитать что-нибудь хорошее. Посоветуй, а?», я бы начала искать вот эти книги.

Адамс Д. Автостопом по галактике [фантастические романы] / перевод В. Баканова [и др.]. — М.: АСТ, 2019.

Белсвик Р. Простодурсен. Зима от начала до конца / перевод О. Дробут. — М.: Самокат, 2020.

Белсвик Р. Простодурсен. Лето и кое-что еще / перевод О. Дробут. — М.: Самокат, 2020.

Бренчер Х. Если ты найдешь это письмо… / перевод Э. Мельник. — М.: Издательство «Э», 2018.

Вайль П. Гений места. — М.: Corpus, 2015.

Демидюк О. Компот из васильков. — Екатеринбург: Ridero, 2017.

Есимото Б. Амрита / перевод Е. Байбиковой. — СПб.: Амфора, 2006.

Зусак М. Книжный вор / перевод Н. Мезина. — М.: Эксмо, 2015.

Кизи К. Пролетая над гнездом кукушки / перевод В. Голышева. — СПб.: Азбука, 2000.

Маркес Г. Г. Сто лет одиночества / перевод В. Столбова, Н. Бутыриной. — М.: АСТ, 2019.

Мураками Х. Страна Чудес без тормозов и Конец Света / перевод Д. Коваленина. — М.: Эксмо, 2003.

Оз А. Повесть о любви и тьме / перевод В. Радуцкого. — СПб.: Амфора, 2009.

Петрович Г. Атлас, составленный небом / перевод Л. Савельевой. — СПб.: Амфора, 2000.

Понизовский А. Обращение в слух. — СПб.: Лениздат, 2014.

Ремарк Э. М. Триумфальная арка / перевод Б. Кремнева, И. Шрайбера. — М.: Астрель, 2012.

Рэнд А. Источник [в 2 кн.] / перевод Д. В. Костыгина. — М.: Альпина Бизнес Букс, 2009.

Теллеген Т. Не все умеют ждать / перевод И. Трофимовой. — М.: Поляндрия, 2019.

Теллеген Т. Неужели никто не рассердится / перевод И. Трофимовой. — М.: Поляндрия, 2019.

Теллеген Т. Письма только для своих / перевод И. Трофимовой. — М.: Поляндрия, 2019.

Толстая Т. Изюм: избранное. — М.: Эксмо, 2008.

Фишер Т. Философы с большой дороги / перевод А. Нестерова. — М.: АСТ МОСКВА, 2006.

Флэгг Ф. Жареные зеленые помидоры в кафе «Полустанок» / перевод Д. Крупской. — М.: Эксмо, 2011.

Фоер Дж. С. Жутко громко и запредельно близко / перевод В. Арканова. — М.: Эксмо, 2010.

Фоер Дж. С. Полная иллюминация / перевод В. Арканова. — М.: Эксмо, 2012.

Фрай М. Сказки старого Вильнюса: в 7 т. — М.: АСТ, 2016–2018.

Хёг П. Смилла и ее чувство снега / перевод Е. Красновой. — СПб.: Symposium, 2016.

Шкловский В. Zoo, или Письма не о любви. — СПб.: Азбука-классика, 2009.

Янагихара Х. Маленькая жизнь / перевод А. Борисенко, А. Завозовой, В. Сонькина. — М.: Corpus, 2017.

примечания

[1] Здесь и далее на шмуцтитулах — стихотворения Ксении Желудовой. Почитать другие стихотворения автора можно по ссылке: https://vk.com/tovarishzhe.

[2] Композиция «Young And Beautiful», исполняет Lana Del Rey, авторы Elizabeth Grant (Lana Del Rey), Rick Nowels.

[3] Цитата из песни Децла «Кто ты?».

[4] *Луиза Хей* (1926–2017) — американская писательница, одна из основателей движения самопомощи. В основе ее книг — идея о том, что корень эмоциональных проблем и болезней — в «неправильных» убеждениях о себе, которые можно изменить с помощью аффирмаций (позитивных утверждений) и таким образом обрести здоровье и счастье.

[5] *Михайлова Е.* Я у себя одна, или Веретено Василисы. — М.: Класс, 2010. — С. 210.

[6] Упоминаемые здесь и далее социальные сети Facebook и Instagram запрещены на территории Российской Федерации на основании осуществления экстремистской деятельности.

[7] Пост в аккаунте Элизабет Гилберт на фейсбуке от 16.08.2016 [Электронный ресурс] // URL: https://www.facebook.com/GilbertLiz/posts/dear-onesonce-i-went-to-visit-a-therapist-because-i-was-afraid-i-might-be-a-soci/1086540191428095/ (дата обращения: 01.05.2020).

[8] Перевод цитаты из фильма «Лжец, лжец» (Liar, Liar, 1997) режиссера Тома Шедьяка с Джимом Керри в главной роли: «— I love you! — Thank you. — Well, that wasn't exactly the answer I was hoping for... — Thank you very much?».

[9] *Битти М.* Спасать или спасаться? Как избавиться от желания постоянно опекать других и начать думать о себе / перевод Элеоноры Мельник. — М: Эксмо, 2020. — С. 168.

[10] Шутка из интернета.

[11] *Ламотт Э.* Птица за птицей. Заметки о писательстве и жизни в целом / перевод Марии Сухотиной. — М.: Манн, Иванов и Фербер, 2019. — С. 217.

[12] *Нагоски А., Нагоски Э.* Выгорание. Новый подход к избавлению от стресса / перевод Антонины Лавровой. — М.: Манн, Иванов и Фербер, 2019.

[13] Там же. — С. 41.

[14] Там же. — С. 47.

[15] *Шер Б.* Вопреки всему. Как мечтать, чтобы точно сбылось / перевод Галины Леоновой. — М.: Манн, Иванов и Фербер, 2019. — С. 99.

[16] *«Антон тут рядом»* — первый в России центр системной поддержки людей с расстройствами аутистического спектра (г. Санкт-Петербург), основанный в 2013 году режиссером и издателем Любовью Аркус, снявшей одноименный фильм о жизни молодого человека с аутизмом. Цитаты студентов Центра печатаются на открытках, керамике и других изделиях мастерских «Антон тут рядом».

[17] Говард Турман. Цит. по: [Браун Б. Дары несовершенства. Как полюбить себя таким, какой ты есть / перевод Анастасии Иваняковой. — М.: Альпина нон-фикшн, 2017. — С. 168.]

[18] В мультфильме «Дом» (2015) от студии Dreamworks один из персонажей так предлагал спастись от захвата: «А что если все лягут на землю, а враг подумает: мертвенькие...»

[19] В вольном переводе это может звучать так: «Если я притворюсь, что ничего не вижу, глядишь, проблема решится сама собой».

[20] *Бойдек Е., Баранд М.* #Я — мама, и я хочу на ручки. — М.: АСТ, 2017.

[21] *«Я слишком стар для этого дерьма»* — цитата из фильма «Смертельное оружие» (1987, реж. Ричард Доннер), коронная фраза сержанта Мертофа — персонажа Денни Гловера.

[22] *Ефимкина Р.* Как дела? — Еще не родила! — М.: Класс, 2016. — С. 85.

[23] *Санаева П.* Черная водолазка. — М.: Эксмо, 2020. — С. 266.

[24] *Голдберг Н.* Человек, который съел машину. Книга о том, как стать писателем / перевод Марии Кульневой. — М.: Альпина Паблишер, 2019. — С. 222.

[25] Шутка из интернета.

[26] Шутка из интернета.

[27] *Вульф Н.* Миф о красоте. Стереотипы против женщин / перевод Анастасии Графовой, Татьяны Графовой. — М.: Альпина нон-фикшн, 2018. — С. 144.

[28] *Тимонова Е.* Люди племени лосося: материал с сайта «N + 1» [Электронный ресурс] // URL: https://nplus1.ru/blog/2015/07/02/salmontribe/ (дата обращения: 01.05.2020).

[29] *Крэбб Т.* БезУмно занят. Как выбраться из водоворота бесконечных дел / перевод Ксении Артамоновой. — М.: Альпина Паблишер, 2015. — С. 69.

[30] Выступление Брене Браун на эту тему с русскими субтитрами, подготовленными Еленой Трусковой, можно посмотреть здесь: https://www.youtube.com/watch?v=[illegible]7CBCcH0kA.

[31] *Чернышев Д.* Как люди думают. — М.: Манн, Иванов и Фербер, 2016. — С. 38.

[32] *Сигитова Е.* Рецепт счастья. Принимайте себя три раза в день. — М.: Альпина Паблишер, 2019. — С. 16.

[33] *Bardwick J.* Danger in the Comfort Zone. — AMACOM, 1991.

[34] *Зыгмантович П.* Зона комфорта: два слова, которые портят жизнь [Электронный ресурс] // URL: https://zygmantovich.com/?p=14514 (дата обращения 01.05.2020).

[35] *Вальгалла* — в скандинавской мифологии небесный чертог в обители богов, куда попадают после смерти павшие в битве воины и где они продолжают свою героическую жизнь.

[36] Шутка из интернета.

[37] *Броуд Э.* Руководство по мудрости тела. Что нужно знать вашему разуму / перевод Евгении Жарковой. — СПб.: Весь, 2019. — С. 145.

[38] *Вульф Н.* Миф о красоте. Стереотипы против женщин / перевод Анастасии Графовой, Татьяны Графовой. — М.: Альпина нон-фикшн, 2018. — С. 125.

[39] *Гинкго* — древесное растение с красивыми веерподоб-

ными листами. В переводе с японского означает «серебристый абрикос».

[40] *Крэбб Т.* БезУмно занят. Как выбраться из водоворота бесконечных дел / перевод Ксении Артамоновой. — М.: Альпина Паблишер, 2015.

[41] Там же. — С. 261.

[42] *Голдберг Н.* Человек, который съел машину. Книга о том, как стать писателем / перевод Марии Кульневой. — М.: Альпина Паблишер, 2019. — С. 42.

[43] *Паволга О.* Записки на запястье. — М.: CheBuk, 2011. — С. 63.

[44] *Ремарк Э.М.* Триумфальная арка / перевод Б. Кремнева, И. Шрайбера. – М.: АСТ, 2009. – С. 440.

[45] *Примаченко О.* Просто представляй, что море — рядом [Электронный ресурс] // URL: http://gnezdo.by/blog/imagine-that/ (дата обращения: 29.05.2020).

[46] *Примаченко О.* Осенью можно позволить себе разлюбить [Электронный ресурс] // URL: http://gnezdo.by/blog/small-post-about-love/ (дата обращения: 15.05.2020).

[47] *Петрович Г.* Атлас, составленный небом / перевод Ларисы Савельевой. — СПб.: Амфора, 2000.

[48] *Бенке К.* Пиши еще! Руководство для начинающего писателя / перевод Виктора Генке. — М.: Альпина Паблишер, 2016.

об авторе

Ольга Примаченко родилась 27 сентября 1985 года в Минске.

Окончила белорусский Национальный государственный гуманитарный лицей им. Я. Коласа и факультет журналистики Белорусского государственного университета по специализации «Международная журналистика».

В 2007–2008 гг. — редактор в издательстве учебной литературы «Адукацыя і выхаванне».

В 2011–2013 гг. — редактор и главный редактор интернет-проекта для женщин LADY.TUT.BY.

В 2013 году вместе с психологом Павлом Зыгмантовичем создала программу «Психология навынос» на TUT.BY-ТВ, ежемесячно выходившую в прямом эфире до 2019 года. В 2020 году проект выходил на YouTube под названием «Психология навылет».

В 2014–2020 гг. работала PR-менеджером и креативным копирайтером в брендинговом агентстве Fabula Branding.

С 2014 года ведет блог Gnezdo.by, а с 2020 года — авторский телеграм-канал «Всем довольна».

В 2020 году прошла программу переподготовки на практического психолога в московской Национальной академии дополнительного профессионального образования. Сертифицированный специалист по работе с метафорическими ассоциативными картами.

Издание для досуга

Примаченко Ольга Викторовна

К СЕБЕ НЕЖНО

КНИГА О ТОМ, КАК ЦЕНИТЬ И БЕРЕЧЬ СЕБЯ

Главный редактор *Р. Фасхутдинов*
Руководитель направления *Л. Романова*
Ответственный редактор *Ю. Бушунова*
Младший редактор *Ю. Смирнова*
Художественный редактор *О. Сапожникова*
Корректоры *Н. Суслова, П. Завируха*

Страна происхождения: Российская Федерация
Шығарылған елі: Ресей Федерациясы

ООО «Издательство «Эксмо»
123308, Россия, город Москва, улица Зорге, дом 1, строение 1, этаж 20, каб. 2013.
Тел.: 8 (495) 411-68-86.
Home page: www.eksmo.ru E-mail: info@eksmo.ru
Өндіруші: «ЭКСМО» АҚБ Баспасы,
123308, Ресей, қала Мәскеу, Зорге көшесі, 1 үй, 1 ғимарат, 20 қабат, офис 2013 ж.
Тел.: 8 (495) 411-68-86.
Home page: www.eksmo.ru E-mail: info@eksmo.ru.
Тауар белгісі: «Эксмо»
Интернет-магазин : www.book24.ru

Интернет-магазин : www.book24.kz
Интернет-дүкен : www.book24.kz
Импортёр в Республику Казахстан ТОО «РДЦ-Алматы».
Қазақстан Республикасындағы импорттаушы «РДЦ-Алматы» ЖШС.
Дистрибьютор и представитель по приему претензий на продукцию,
в Республике Казахстан: ТОО «РДЦ-Алматы»
Қазақстан Республикасында дистрибьютор және өнім бойынша арыз-талаптарды
қабылдаушының өкілі «РДЦ-Алматы» ЖШС,
Алматы қ., Домбровский көш., 3«а», литер Б, офис 1.
Тел.: 8 (727) 251-59-90/91/92; E-mail: RDC-Almaty@eksmo.kz
Өнімнің жарамдылық мерзімі шектелмеген.
Сертификация туралы ақпарат сайтта: www.eksmo.ru/certification

Сведения о подтверждении соответствия издания согласно законодательству РФ
о техническом регулировании можно получить на сайте Издательства «Эксмо»
www.eksmo.ru/certification
Өндірген мемлекет: Ресей. Сертификация қарастырылмаған

Дата изготовления/Подписано в печать 16.03.2023. Формат 60x84 $^{1}/_{16}$.
Печать офсетная. Усл. печ. л. 19,6.
Доп. тираж 50 000 экз. Заказ 0932/23

Отпечатано в Акционерном обществе
«Можайский полиграфический комбинат»
143200, Россия, г. Можайск, ул. Мира, 93.
www.oaompk.ru, тел.: (49638) 20-685

16+

ISBN 978-5-04-117369-2
9 785041 173692 >